小説
おそ松さん
特製エジプト土産シール
☆ふきだしシールは、中にセリフを書いて使ってね！
JN255881
©FA/O
©赤塚不二夫／おそ松さん製作委員会

小説　おそ松さん

6つ子とエジプトとセミ

都築奈央／著
赤塚不二夫（『おそ松くん』）／原作
おそ松さん製作委員会／監修

★小学館ジュニア文庫★

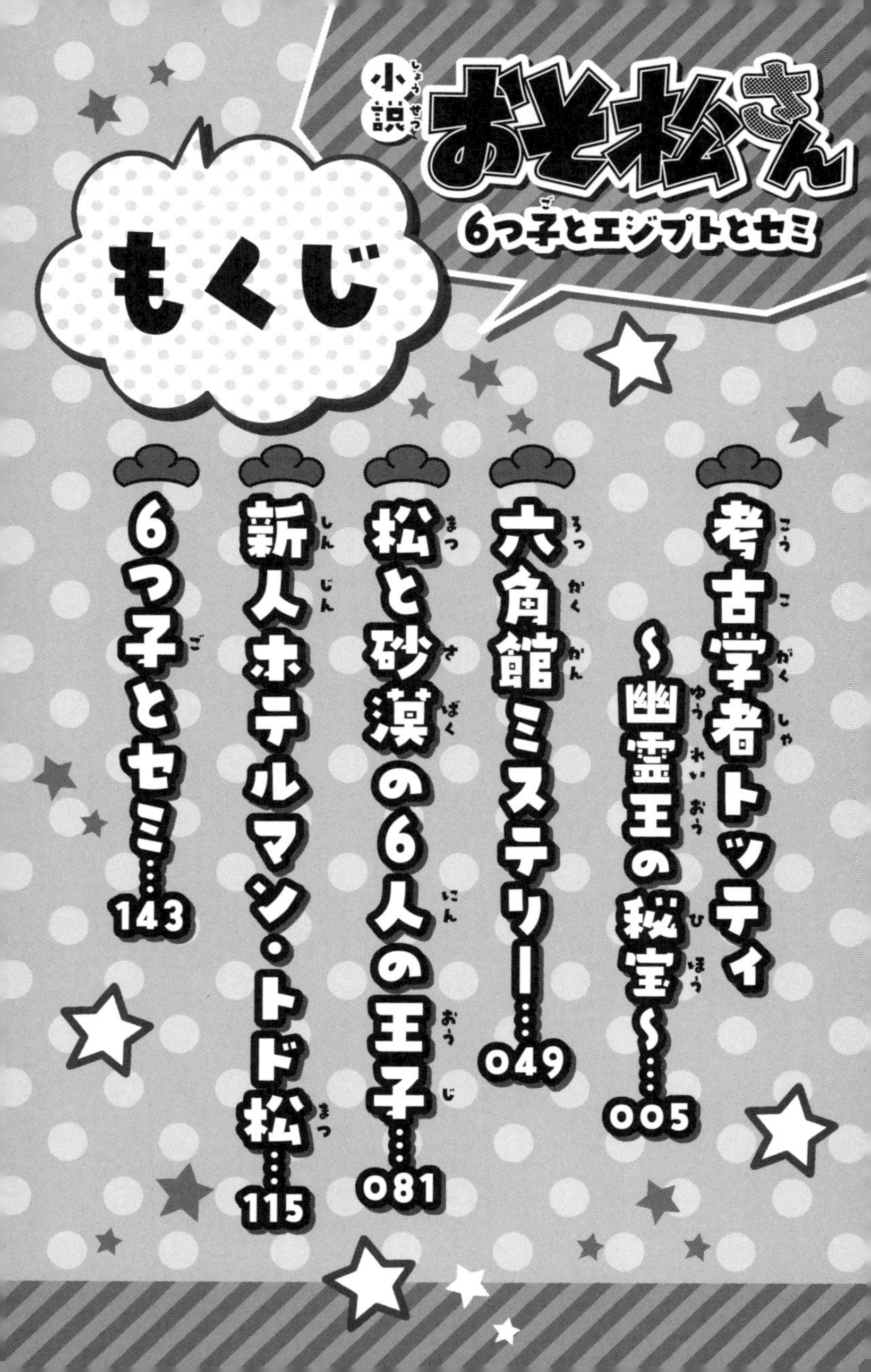

小説おそ松さん
6つ子とエジプトとセミ
もくじ
考古学者トッティ ～幽霊王の秘宝～…005
六角館ミステリー…049
松と砂漠の6人の王子…081
新人ホテルマン・トド松…115
6つ子とセミ…143

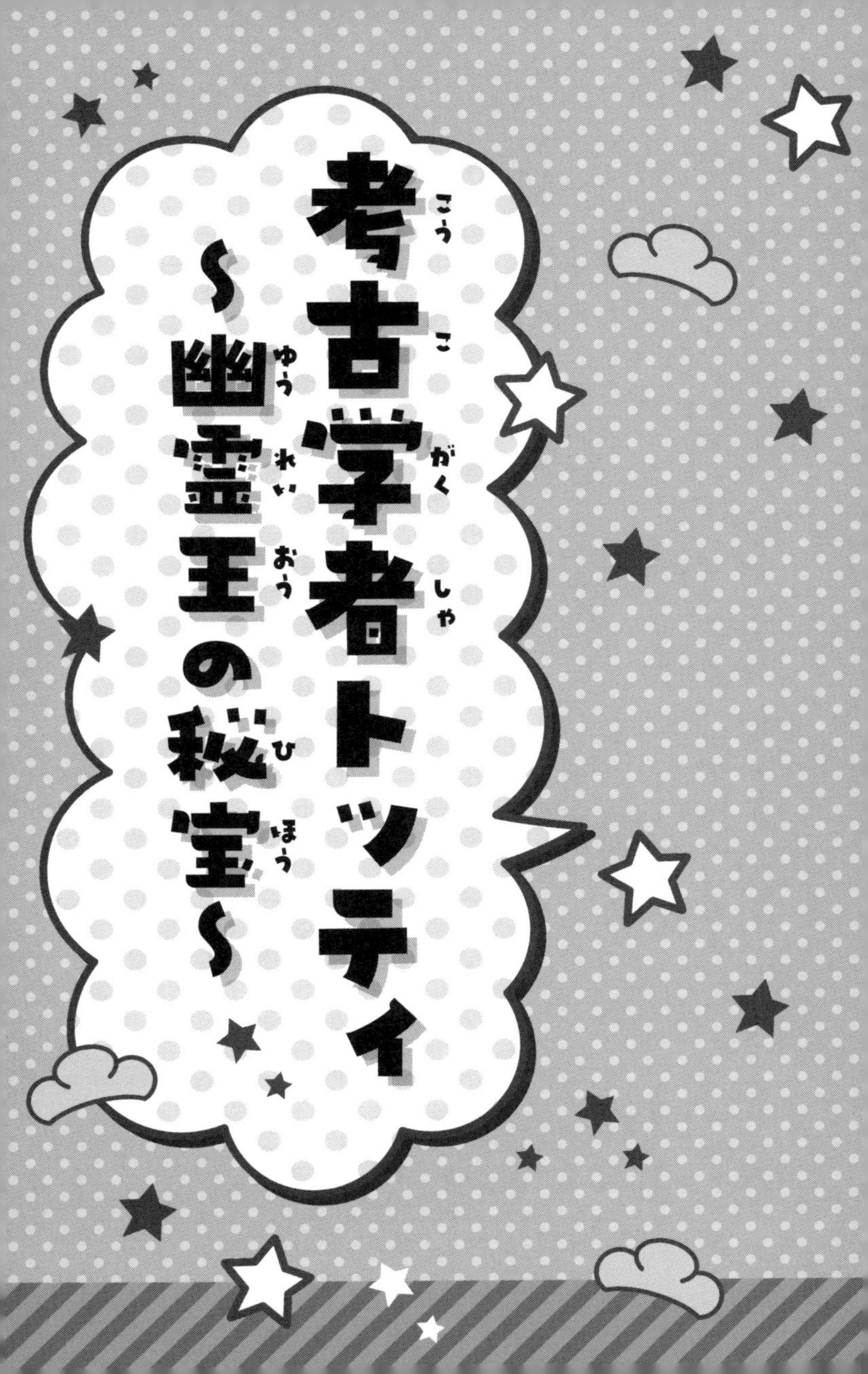
考古学者トッティ
～幽霊王の秘宝～

その日、考古学者のトッティ――本名トドマツ・マツゥノ――はカイロ国際空港にいた。

長年その存在が語られながらも、いまだ誰も手にしたことがない伝説の秘宝を追って、はるばるエジプトまでやってきたのだ。

「これでボクも、一流考古学者の仲間入りだ！」

少しの不安。それから、あふれそうなほどの期待に、自然と手に力がこもる。その掌中には、トッティをエジプトに飛ばせる決意をさせた理由――秘宝のありかが示された地図があった。


さかのぼること2週間前。

他学部の先輩教授に誘われて行ったゴリラバーで、トッティはゴリラにお酌をされていた。ゴリラのいかつい表情に「せめて人間とチェンジで」とも言い出せず、鼻の下をのばす趣味の悪い先輩を置いて帰ることもできず、トッティは永遠とも思える2時間を死者の表情で過ごした。

「ワリカンとかないわー！　つか、そもそもなんだよゴリラバーって！　マジのゴリラだし！」

帰宅後。あれほどの地獄に放り込みながら、きっちり別会計にした先輩を呪いながら、トッティはスーツを脱ぎ、ふとズボンのポケットにある物を見つけた。

「これは……地図？」

それは４つに折られたＡ４ほどの地図であった。一見しただけでは何語かもわからない文字と、何かを示す記号が記されている。端はところどころ欠け、紙は全体的に日焼けしたように黄ばんでいた。

自分には覚えがない……だとすると、さっきのバーでゴリラに「ウホホホ♡」と体じゅうを触られまくったときに入れられたのだろう。そう思うと、とたんに気味が悪くなり、いきおいよく丸めてゴミ箱に放り投げようとして、ふと、手を止めた。

（なんか、気になるんだよね……）

こういうときの直感は信じるほうだ。トッティは、もう一度地図を広げてのばし、通勤カバンにほうりこむ。明日、大学に行ったら詳しく調べてみようと。
その結果————……。

「ただの落書きじゃねーか！」


1週間かけていろいろ調査した結果、ただのゴリラの落書きだった。しかも、黄ばんでいる原因はこぼした緑茶だった。

ゴリラへの怒りをおさえられず、トッティは腹立ちまぎれにネットオークションで、伝説の秘宝のありかを記した宝の地図を落札したのだった。

「100円スタートだったのにさ～、やたら粘ったヤツのせいで2万円までいっちゃったけど……まぁ、伝説の秘宝が手に入れば元は取れるよね！」

トッティは〝秘宝の地図〟を広げ、とりあえず「ココ！」と書かれた場所を目指して、砂漠へと向かうのであった。

◇

砂漠に入る前にオアシスの街に寄ったのは、ガイドを雇うためだ。子供のころにテレビで見た探検隊たちには、必ずガイドがついていた。

「ガイド紹介所……って、ほんとにここ？」

薄汚れた白いビニールの大きなのれんに、ピンクの文字で〝**ガイド紹介所♡**〟と書いてある。なんだかいかがわしくてものすごく入りづらい。

少し重みのあるのれんをおそるおそるくぐれば、何もない空間に5人の男たちがいた。

「…………」

男たちは各々自由に、床に寝転んだり、風もないのに風を感じたり、座り込んだり、部屋のスミでヒザを抱えていたり、バットの素振りをしたりしていた。右から、オソマツ、カラマツ、チョロマツ、イチマツ、ジュウシマツと、名前らしきプレートを首から提げている。

困惑しかない。

状況がわからずに思考を止めたトッティに、オソマツが声をかける。

「悪いけど、〝彼女いない歴=年齢〟な奴はお断りだからね」

「かかかかかか彼女とか関係ないし！　てかボクは、秘宝探しのガイドを」

「え、ここ秘宝館でもないよ？　まったく……これだから〝彼女いない歴=年齢〟な奴は困るんだよなぁ〜」

「秘宝館なんも関係ない！　彼女の有無も関係ない！　困ってんのはこっちだから！」

叫ぶトッティに、全員が憐みの目を向けてくる。

「いやいやいやおかしいから！　なんかボクがかわいそうなヤツっぽくなってるけど、おかしいのはそっちだからね!?　なんだよ、お前らだってどうせ〝彼女いない歴=年齢〟だろ！　わかるんだからな、なんとなくわかるんだからな！」

必死の否定もむなしく、男たちはそんなトッティを見てニヤニヤするばかり。

思わずマシンガンを乱射しそうになったトッティだが、ここに来た目的を思い出して、気を取り直す。

こほん、とひとつ咳払い。

「ボクは、考古学者のトドマツ・マツゥノ、通称トッティ。これから伝説の秘宝を探しに出かけます。地図はあるけれど、経験豊富なガイドの知識も借りたい。誰かひとり、ボクに雇われてくれないだろうか」

と鷹揚に告げると、それから、右手の人差し指を天高く突き上げた。

「行きたい人、この指と～まれ！」

「…………」

支配する静寂。ニヤニヤしていた男たちも、いつの間にか無表情になっている。

（え、うそ……すべった？）

トッティの脇汗が噴水のごとくふきだした――そのとき。

男たちの目が、ギラリと光った。

彼らは恐ろしいほどの瞬発力でトッティに飛びかかり、その指を我先にと握りしめた。

「秘宝ガイドは俺が行く！　秘宝は俺のモンだっ！」

「オゥケ～イ、雇われてやろう。神に愛されたオレこそがお前を導く光……っ！」

「僕が集めたデータがそこそこ使えると思いますよ。取り分は僕7そちら3で大丈夫なんで……なんなら6：4でもいいんでッ！」

「……ここは、明る、すぎる……闇の世界へ連れてってくれ……！」

「お宝くだサイダー！　お宝くだサイダー!!」

指をつかんだまま、離れない5人の男たち。

「いや、ひとりでいいの。ひとりでいい……痛っ、指痛いから！　離して！」

振り回しても、壁にぶつけても、床をひきずっても離れない。男たちの目には〝金〟という文字がはっきりと浮かんでいた。

(こいつら金の亡者だよ！　金のためなら死んでもいいやつばっかだよ！)

トッティが恐怖に顔をひきつらせたとき、握られた指からミシッっという音がした。

「指イッた〰〰〰〰〰〰!!」

◇

◇

広大な砂漠を、砂煙を上げて走るオフロードカー。

「学者さんが来てくれてマジで助かったよ〜」

運転するオソマツが、ほがらかに笑いながら言った。助手席のチョロマツも、うんうんと頷いている。

「あの紹介所、なかなか人が来なくってね〜。ほら、みんな〝一流ガイド紹介所〟のほうに行っちゃうから」

チョロマツの言葉に、どうやら自分はくそガイドを5人も雇ってしまったらしいと気付いて、トッティは改めて絶望した。

(あの野菜売りのオヤジ、ヘンなとこ紹介しやがって……他にもあるなら言えよ！)

野菜を買えと言われて拒否した結果がこれだ。完全に自分のせいだが、トッティは野菜売りのオヤジを心から恨んだ。

くそガイドのどーでもいい話を聞きながら、走ること20分。

「ボウエ！　ボウエッ！」

単身バタフライで砂漠を泳いでいたジュウシマツが奇声を上げた。

「見えてきたようだぜ、最初の難関が」

オソマツの指が指し示す先、砂煙の向こうにうっすらと見えてきたもの。それは、地獄の門番、墓の守り人とも言われるスフィンクス……に、そっくりな――

「ダヨンクスだ」


【ダヨンクス】スフィンクスのパチとしてあまりに有名。愛嬌のある表情がマニアックな人気を呼び、ちょっとした観光名所となっている。神話においては上半身がダヨーン、下半身がトランクスという魔物で、旅人に謎かけをし、答えられなかった者を食い殺すと言われている。

トッティは地図を広げて「ココ！」と書かれた場所を確認する。ダゴンクスの真後ろがその場所のようだが、目視しうる範囲にピラミッドはない。

地図では、ダゴンクスが丸く囲まれ「ここでクイズしてから」と書かれており、そこから矢印がピラミッドへと向いている。つまり……

「秘宝が眠る場所は、ダゴンクスの謎かけに答えなければ現れない、ということか」

ダゴンクスの謎かけは、スフィンクスに比べて難解だと言われている。数あるクイズ大会の覇者たちでも正解できたとかできなかったとか。

「そんな不安な顔するなよ」

バシン、と背中に走った衝撃にトッティは振り返る。

「カラマツさん！」

「なんのためにお前はガイドを雇ったんだ？　ここはオレたちにまかせな」

言うが早いか、後部座席の扉を蹴り開けたカラマツは、スピードを上げて走る車から砂漠へと飛び出した。砂の上でゴロゴロゴロゴロと3回転ほどした後、片膝をついてサングラスごしにキッとダゴンクスを見つめ——

ドンッ！

進路を変えた車にはね飛ばされて、砂漠の星となった。

「あ、ごめんごめん。あそこ駐禁だったわ」

「砂漠で駐禁!? カラマツさん飛んでったけど!?」

「大丈夫ですよ、ミスター・マツゥノ。本人カッコイイと思ってやってるんで」

「いやいやいや、明らかにはねたよね？　本人カッコイイとこ見せようとした瞬間にはね飛ばしたよね？」

そうして、トッティは見てしまった。平然としているオソマツとチョロマツの口角が、少し上がっているのを。ヤバみを感じたトッティは、それ以上を言うのをやめた。

◇　◆　◇

「お宝がほしいか〜ダ、ヨ〜〜〜ン！」

「「「「ヨ〜〜〜ン！」」」」

カラマツを除いた5人は、さっそくダヨンクスのクイズ大会に参加していた。

クイズのルールは簡単だ。全員で考えてもいいが、解答権は一度きり。クイズは1問のみで、間違えればそこでゲームオーバーだ。

（5人いるんだ。冷静に問題を聞いて、知恵を合わせれば……いける！）

トッティはガイドたちに「冷静にいきましょう」と目くばせをした。彼らは「承知した」とばかりに深く頷いてみせた。

「問題ダヨン！　朝には4本足、昼には2本足……」

（これはスフィンクスも使っていた有名な謎かけ！　もう答えてもいいくらい……だが）

難解と言われるダヨンクスの謎かけが、この程度なわけがないという思いがトッティを躊躇させる。しかし、

――――ピンポン！

ジュウシマツがボタンを押した。

(え、もう？　最後まで聞かないで言っちゃうの？)

心臓バックバクのトッティをよそに、ジュウシマツは、どう見てもイッちゃってる全開スマイルで自信満々で答えた。

「カレーライス！」

「ちょッ、おまーッ！　ジュウシマツおま――ッ！」

トッティはあまりの驚きに、頭から砂漠に突っこんだ。

「ファイナルアンサーダヨン……？」

「ファイナルカレーライス！」

ダヨンクスとジュウシマツの、静かなにらみ合いが続く。

いやいやしかし、なんだかんだでそんなこんなになって、答えが〝カレーライス〟になることもワンチャン……など、トッティは砂の中で思っていたのだが。

「問題を続けるダヨン……朝には4本足、昼には2本足、夜には3本足になるのは……？

答えは〝人間〟ダヨン」

(フツーだった――！　裏の裏の裏の裏の……かいてきた――ッ!!)

ショックでなおも砂漠に沈むトッティの耳に、ジュウシマツの声が届く。

「カレーライス!!」

どうやらジュウシマツはあきらめないようだ。困惑するダヨンクス。

「人間ダヨン？」

「カレーライス！」

「人間ダヨン」

「カレー!!」

「人間ダヨ〜〜〜ン！」

「カレー！」「人間ダヨン！」「カレー！」「人間ダヨン！」「カレー！」「人間ダヨン！」

「カレー！」「ダヨーン！」「カレーダヨン」

「カレーダヨーーーーーン!!」

ヨーンヨーンヨーンヨーン……砂漠にエコーするダヨンクスの声。

勝敗は決まった――そう、全員が胸をなでおろした瞬間、それは起こった。

――ゴゴゴ……!!

「!!」

凄まじい地響きとともに、立っていられないほど地面が揺れたかと思うと、目の前に今までなかったピラミッドが出現したのである。

「これは……！」

トッティは目を見はった。

頂点に松の木の意匠をいただくその姿。それはまさしく、墓がないことから空想の王と呼ばれ、エジプト史から消された〝幽霊王〟――マツ王のピラミッドであった。

◇   ◇

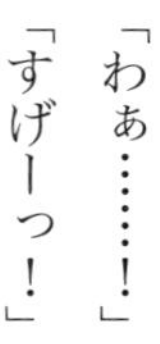

「わぁ……！」

「すげーっ！」

みな、思わずといったふうに感嘆の声をもらす。

ようやく人がひとり通れるほどの入口から、5分ほど階段を下り続けた先には、入口の狭さがまるでウソのような空間が広がっていた。コウモリに当て逃げされまくりのカビ臭い通路とは打って変わって、ここは、どこか澄んだ空気が感じられる。

さすが王の墓標……トッティは、感慨深げに傍らの石壁をなぞった。

「ミーの他にも、お宝を狙っているヤツがいたとは驚いたざんす……」

とつぜんの聞きなれない声に、ハッと振り返る。そこには、内巻きカールヘアに、もはや板レベルの出っ歯の男が立っていた。

「その出っ歯……！　お前、イヤミだな！」

トッティが声をあげると「あの髪型やばくね？」「出っ歯を超越した出っ歯」と、ガイドたちがざわついた。

「ミーを知ってるざんすか。ということは、お仲間ざんすね？」

「仲間なわけあるか！　人類の貴重な宝を盗掘しては汚い金に変える、悪徳トレジャーハンターのお前と一緒にするな！　ボクは考古学者だ！」

「考古学者……なるほど、例の秘宝を狙ってるざんす？」

「お前に言う必要はない。行きましょう、ガイドのみなさん！」

めんどくさいことに、イヤミの横には次の間へと通じる通路がある。トッティはイヤミをにらみつけながらズンズン歩き、その横を通り抜けようとした。

「無防備につっこんで行っていいざんすか？」

イヤミの声に一瞬足を止めた――そのとき。

――ヒュンヒュンヒュン！　ドスドスドスッ！

空を切る音とともに、トッティの鼻先を何かがかすめていった。

「……な、なにっ？」

視線をチラリと横にやれば、石壁に突き刺さる無数の矢。間一髪、イヤミの声に足を止めなければ、全身が貫かれていたことであろう。

「ここからは、デッドオアアライブ……秘宝を獲るか殺られるか、人間と秘宝のサバイバルゲームざんす！　罠に次ぐ罠！　出っ歯〝危機一歯〟つざんす！」

「出っ歯……なに？　ごめん、聞き取れなかった。もう1回」

オソマツが聞き返す。

「ギャグを二度言わせる鬼畜は死ねざんす。つまり、何が言いたいかと言うと、チミたちミーに協力しないざんす？」

「協力？」

あまりにうさんくさい言葉に、トッティは眉を寄せる。

「ボクたちに、お前の悪事の片棒を担げって言うの……？」

「悪い話じゃないざんすよ？　ミーは、このピラミッドの罠の攻略法が5〜6割のっている『ピラミッド完全攻略マニュアル』の情報を提供するざんす」

「5〜6割ってそれ、ぜんぜん〝完全〟じゃないよね……」

「その代わり、暗号系の解読は考古学者サマにお願いするざんす。そして見事秘宝を手に入れたあかつきには、発見の名誉はチミたちに。秘宝はミーに！　どうざんす？」

イチマツのツッコミを華麗にスルーして、イヤミはニヤリと笑った。

自分を悪徳と罵った潔癖な学者は、知識欲や名誉欲こそを、金よりも優先させると踏んだからだ。

「どうざんす？　悪い話じゃ」

「イヤだけど」

「ない……え？」

「イヤだけど。名誉も金もボクのものだけど。なんで、お前みたいなやつにわたさなきゃいけないわけ？　マジ意味不明」

ぷうっと頬をふくらませるトッティに、イヤミはあんぐりと口を開けた。

「マニュアル、欲しくないざんす……？」

「いや、それはいるよ。だから一緒に行ってあげる。でも財宝はあげない」

「ハアアアアアアアア――――⁇」

トッティのあまりの自己中っぷりに、イヤミの出っ歯がギシギシと音を立てた。

(なんちゅうワガママ坊やざんしょ！　まぁ、共闘の狙いは他にあるざんす。ここは一回言い分をのんだフリをしたほうが良さそうざんすね……)

「……わかったざんす。ミーもトレジャーハンターの端くれ、伝説の秘宝を見られればそれでいいざんす。金はあきらめるざんす」

「え、そうなの？」

「なんだよ、だったら最初っから折れとけよ」

「構ってちゃんなんだよ、そっとしておいてやろうよ」

「うざ……」

「めんどくさいねー、アハハーッ！」

――パリン！

トッティの無邪気な返しに続いて、オソマツ、チョロマツ、イチマツ、ジュウシマツにも罵られ、イヤミの前歯が怒りで欠けた。

◇◆◇

広間から出て、再び狭い通路を一行は進んでいた。

「マニュアル7ページ。壁のくぼみ……あ、あったあったざんす。このくぼみにこうしてこうして……」

「？」

イヤミに言われるがまま、イヤミ、トッティ、イチマツ、オソマツ、チョロマツと、順に直立不動でくぼみにおさまっていく。

「あれ？　ぼくだけ入んなーい」

「ほんとだ。ジュウシマツ入れてないから、ちょっとオソマツそっちつめて」

「いや無理。もうピッチピチだから無理。てかイチマツ、どうした？」

「なんか変な音する……ゴゴゴって」

「音？　たしかになんか……ってちょっとジュウシマツ、無理やり入ってこないで！　ぜったい入らないから！」

「入る入る〜〜〜！」　ハッスルハッスル『ドゴォッ！』


「「「「‼」」」」

ゴロゴロゴロゴロゴロ――――……。

とつぜん目の前を、通路幅いっぱいはある大玉が猛スピードで転がっていった。くぼみにハマっていて助かったトッティたちは、言葉もないまま、ジュウシマツを巻き込んで転がり去る大玉を見つめる。

「「「…………」」」

「さて、どんどん前に進むざんすよ〜〜〜!!」

上機嫌のイヤミに、くそガイドどもの行動は速かった。

「イヤミさん、お出っ歯お磨きします！」

オソマツは自らのTシャツを引き裂くと、その布でイヤミの歯をキュキュッと磨き、

「イヤミさま、人肌にぬるめましたポコリスエットでございます！」

チョロマツは、どこに隠していたのか、懐からストロー付きのポコリを差し出し、

「ゴロニャ〜〜〜ン」

イチマツはイヤミの足元で、ゴロゴロと喉を鳴らした。

嫌な予感がして、トッティはおそるおそる声をかける。

「あの、あなたたちの雇い主はボクですよね……？」

振り返った3人は目を吊り上げると、ペッペッとツバを吐きかけた。

「あぁ～ん？　金も払ってねぇのに、よくそんなことが言えるな！」

「人間長い物に巻かれてナンボなんだよ！」

「なんもできねぇクズが……！」

トッティは死んだ目で、イヤミの周りを犬のようにくるくる回る3人のくそガイドをながめた。

――と、同時に気づいた。イヤミの共闘の真の目的は物量……つまり人間の数。自分の代わりにトラップの犠牲になってくれる、生贄の数なのだと。

「なるほどね。そういうつもりなら、こっちも利用させてもらうよ？」

4人の背中を見つめるトッティの瞳孔が極限まで開き、炎のように燃え上がる。

「ぜったいに生き残ってやんよォォ！　このサバイバルゲームをよォォ……！」

しばらくすると、イヤミが「シッ…！」と出っ歯に人差し指を当てた。

「マニュアル13ページによると、この石の扉の向こうには魔物がいるざんす。魔物が守っている扉を抜けないと、その先には行けないざんす」

「魔物とかどうやって倒すんだよ」

オソマツに「いい質問ざんす」と返すと、イヤミは石の扉をバシッとたたいた。

「倒す必要はないざんすよ。魔物の気を引いて、そのスキに通り抜ければいいざんす。魔物の動きは鈍いざんす」

「気を引く方法は？」

「先生、出番ざんすよ――暗号ざんす」

イヤミにうながされ、トッティはこくりとうなずいた。

マニュアルによれば、この石の扉に魔物の気の引き方が記されているという。

トッティは扉の前にしゃがみこみ、指でそっと、扉に刻まれた古代文字を追った。

「…………」

「おい、なんて書いてんだよ」

しびれをきらしたガイドたちに、トッティはにっこりほほ笑んでみせた。

「魔物の気を引くには、仲良くなるのが一番。みんなで手をつないで、マイムマイムでもしてみろって書いてあるね」

「「「ハイ嘘!!」」」

「大丈夫大丈夫! さぁ、魔物とレッツダンス☆」

みんなの背中をぐいぐいと押すトッティは、その明るい口調とは裏腹に、口元に歪んだ笑みを浮かべていた。

(マイムマイムとか、んなわけねーだろバカどもが! 誰かひとりを生贄にするのが、魔物の気を引く条件……かわいそうだけど、彼には尊い犠牲になってもらおーっと)

「まさかイチマツが食われちまうなんてな……」

オソマツは肩を落として、トボトボと力なく歩いた。そう……石の扉の向こうで、イチマツは犠牲となったのだ。

5人が入った部屋には、4メートル級の砂の魔物がいた。

さすがのイヤミも出っ歯が乾き、ガイドたちは恐怖からごくりとつばを飲んだ。そんな緊迫した空気の中、軽やかな歌声が場違いに響く。

「チャッチャ〜チャララ！　チャッチャ〜チャララ！」

トッティの口ずさむイントロにあわせて、自然と手をつなぐ5人と魔物。

脳裏をよぎるのは体育祭——可愛い子と手をつなげなかった中学時代。上級女子たちの「え、マジでこいつと手つなぐの…？」という、イヤな物を見るような目に耐えられずに漏らしかけた高校時代。

サビに向かい、様々な思い出が絡み合い溶け合い、混然一体となって上がっていくテンション。「ヘイヘイヘイ！」のコールに揺れるフロア。そして「マイ…マイ…マイ…」の次の瞬間——「マイム、ベッサンソン！」とノリノリで歌い上げた魔物に、イチマツが食べられてしまったのだ。


「「「ベッサンソーーーーン‼」」」


「ちょっと、いやかなりヤバイやつだったけど、そこそこ、いやほんの少しいいやつだったのにな……」

涙ぐむオソマツの肩を、チョロマツはなぐさめるようにそっと抱いた。

「イチマツの犠牲はムダにはしない。必ず秘宝を見つけ出す……僕たちの手で！」

（とか言って、食われたのが自分じゃなくてほっとしてるんだろうなぁ）

トッティは、ガイドふたりの茶番をながめながら、あまりにうまくいきすぎた自分の作戦に内心大爆笑していた。

(ぷぷ、じゃあ次のトラップでは、ふたりにも犠牲になってもらおうかな♪)

トッティの黒い企みをかき消すように、イヤミの声が響いた。

「さぁ、着いたざんすよ。ここが呪いの湖ざんす！」

ゴポゴポと泡立つ湖面からは、むせかえるほどの熱が立ち上っていた。

「これ、相当熱いんじゃね？」

「いやこれ落ちたら確実に死ぬやつでしょ」

オソマツとチョロマツの会話を聞きながら、トッティは冷静に考えていた。

(向こう岸まで10メートルくらいか。人間をつなげて橋を作るにしても、くそガイドふたりじゃとても足りないぞ……)

どうしようかとイヤミに視線を投げれば、イヤミは親指を立ててトッティに答えた。どうやらお互いに、もう腹の内は見えているらしい。

イヤミはペラペラとマニュアルをめくり、それからどこかに電話をかけ始めた。

「そそそ。今、呪いの湖ざんす。4人分よろしくざんす〜」

「え、ここ電波きてんの？　ウソでしょ？」

チョロマツがきちんとつっこんでいると、背後からとつぜん、この場にそぐわない声が聞こえた。

「まいど、おでんのデリバリーでい〜！　てやんでぇバーローチキショー！」

「「「おでん!?」」」

驚く3人を尻目に、イヤミはいそいそとおでん屋に近づいた。

「相変わらず早いざんすね〜。おいくら万円ざんす？」

どうやらさっき電話で話していたのは、このおでん屋だったらしい。

「おでん屋ってなに!?　ってかなんで今!?」

「つか、なんでフツーに入ってきてんの？　結構なトラップあったよね？　こっち、何人も死んでるんだけど!?」

ガイドたちのツッコミに、おでん屋はキョトンとして、さも当然のように言い放った。

「なんだおめぇ新参か？　おでん屋ってのはな、国一個つぶせるレベルの戦闘力がねぇとなれねぇんだよ……」

シーン……。

痛いほどの静寂を破ったのは、オソマツであった。

「いやいや、なに言ってんのこいつ」

続いてチョロマツも、

「あ――、やばいの出てきたわ」

と、バカにしたような目でドン引きした。

もちろんトッティも「おでん屋が秘宝取りに行けば良かったんじゃね？」と思ったが、ここまで来たからにはもう後には引けない。おでん屋のことはなかったことにして、目の前の湖だけに集中する。

「ねぇ、イヤミ。で、このおでんの具どうすんの？　てか、ずいぶん大きいね、これ。座布団くらいある」

「乗るざんす」

「乗る？」

「この巨大おでんの具に乗って、向こう岸を目指すざんす！」

「「「えぇぇ――っ⁉」」」

だったらなんで、船のデリバリー頼まなかったんだよ！　と、３人は思ったが、あまりにもイヤミがドヤ顔だったので、何も言えずに口をつぐんだ。


乗り物となる具は４種類。こんにゃく、はんぺん、玉子、ちくわぶ……取り合いでモメるかと思いきや、意外にも各々の好き嫌いが割れ、

「ボクはこんにゃく一択だよ！」

「ミーは、はんぺんざんす」

「俺はやっぱ玉子だなぁ～」

乗り物選びは順調に進んだ……かのように見えたのだが、残りがちくわぶのみになったとき、その事件は起こった。

「これ、なんでおでんに入ってんのかわかんないんだよなぁ」

「え？　僕、ちくわぶ好きだけど？」

「マジで？　あんなブヨブヨしたのよく食えるね」

「え、おいしいじゃん。ちくわぶさんの魅力がわかんないとか……オソマツってコドモだねー」

「あ？　コドモじゃねーし！」

オソマツとチョロマツの間で火花が散る。

「ただの小麦粉がえらそうな顔してんじゃねぇよ。たいしてうまくもない上に、どろどろ食感で気持ち悪いんだよ。ドヤ顔でおでん一軍に入ろうとすんな」

「ただの小麦粉じゃありません！　グルテンの能力を１２０％解放した、煮て良し焼いて良し揚げて良しの、エクストリーム炭水化物様ですぅー！　どろどろって言うけどな、いっぺん出汁しみしみのちくわぶ食ってみろ」

「よーし、じゃあちくわぶの底力見せてみろよ！」

「いま見せてやっから、その目にしかと焼き付けろよ！」

オソマツは玉子にまたがり、チョロマツはちくわぶにまたがり、そしてふたりは湖へといきおいよく漕ぎ出していった。

「ほーら、見てみ！　どんどん出汁を吸ってくだろ？　これは、こだわりの製法で一本一本丁寧に巻きつブクブクブクブクブク……」

「チョ、チョロマツ〰〰〰〰ッ!!」

出汁がしみこんだちくわぶとともに、チョロマツは湖へと沈んでいった。

「ば、ばかやろう……自分で、ちくわぶは出汁を吸うって……わかってたのに。あいつ、ちくわぶと心中しやがった……ばかやろう、ばかやろう……！」

オソマツは、やるせない悲しみを玉子にぶつけた。ポヨンポヨン、ポヨンポヨン……と、玉子をたたく音だけが湖に響く。それはまるで、オソマツの落とした涙が奏でる切ないメロディのようだった。

「「……………」」

先に向こう岸にたどり着いていたトッティとイヤミは、その様子を「小学生のケンカかよ」と思いながら眺めていた。

「次はいよいよ、秘宝とご対面ザンス」

「楽しみ〜♡」

歩き出したふたりは、もう後ろを振り返ることはしなかった。

王の間につながる大きな扉を開ける。

財宝などはなく、ただポツンと中央に石棺が置かれているだけである。しかし、その石棺の上には、トッティが追い求めていたものがあった。

「……黄金の、木彫りデカパン像」

その堂々としたパンツ姿は黄金色に輝いて、まさに秘宝というにふさわしい。

「ウッヒョォ〜〜〜！　売っぱらえば時価数十億はくだらないざんす！」

「これでボクも有名人!?　特番とか組まれちゃって、美人女子アナとあんなことやこんなこと……」

ふらふらと王の間に吸い込まれるように足を踏み入れるふたりの間を、瞬間、疾風が貫いた。

「……なっ、なんざんす！」

「あ、あれはオソマツ！」

つるんとした玉子に乗って、滑るように石棺に向かうのはオソマツである。

「へっへ〜ん！　お前らなんかに誰が秘宝を渡すかよ！　お宝は俺のもんだ！」

必死で追うふたりだが、玉子のスピードは想像以上で追いつけない。が、

――ガコン！

「あぁぁぁぁぁ〜〜〜〜〜〜〜!?」

石棺の手前で、落とし穴のトラップが発動。オソマツは奈落へと落ちていった。

「いや……まぁ、あるだろうなとは思ってた」

「ざんす……」

罠の危険性をすっかり忘れて近づこうとしていたイヤミとトッティは、平静を装っては

いたものの、脇汗ジャバー状態だった。

さて、邪魔者は消えたが、問題がひとつ残っている。

「この落とし穴のせいで、秘宝に近づけないざんす」

「1メートル半くらいか……」

底の見えない暗闇をのぞきこみ、思案すること数秒。

「ボクが飛ぶ」

「トッティ？」

「ボクが飛んで、秘宝を投げる。しっかり受け取ってくれ」

「……ミーを信用するんざんすか？」

「信用なんてしてないさ。でも、お前、さっき足をひねったろ？」

「……気づいてたざんすか」

「だったらボクのほうが可能性はある。しっかりキャッチして……逃げないでよ？」

そう言うと、トッティはキュートな笑顔でばちんと1回ウインクをした。

イヤミは茫然としていたが、しばらくしてフフフと笑う。

「まったく、お人よしざんすね。ミーも今日くらいは……善人ぶってみてもいいかしれないざんす」

ふたりは拳を一度合わせると、それからは勝負師の目で、それぞれに秘宝を見つめた。

「行くよ！」

「OKざんす！」

思いっきり助走をつけて、トッティは飛んだ。左右に開いた腕はまるで純白の翼のように、すっとそらした胸は聖なる光を放っていた。

「おおお！　なんて美しいざんすか。まるで天使ざんす……天使が降臨したざんす！」

イヤミの頬を、涙が一筋つたう。

時間にして1秒もなかったろう。トッティの足は地面をとらえるもギリギリで、すべったつま先がそのまま、落とし穴へと導かれそうになる。

「トッティ！」

――ガッ！

とっさに石棺の縁をにぎって、転落を防いだトッティだが、すでに両足は落ちている。

「……死ねない！」

ぐぐと、石棺を握る手に力をこめる。

「……彼女ができるまで……ボクは死ねないいぃぃぃぃ！」

トッティはなんとか落とし穴から脱出し、その手に〝黄金の木彫りデカパン像〟をつかんだ。

「これが……秘宝」

しかし、よく見ようと自分の目の高さまで掲げた、まさにその瞬間。

――ゴゴゴゴゴ……。

「なっ！」

地面が大きく……いや、ピラミッド全体がうなりを上げて揺れだした。パラパラと、摩擦で削れた石の破片が落ちてきて、トッティの体に容赦なく降り注ぐ。

「シェーーッ！　崩落が始まったざんす！」

「崩落？」

「秘宝を持ち上げるとピラミッドが崩れる仕組みになってるざんす！　要は自爆ざんす！」

「え！　このこと知ってたの!?　それ最初に言うべきじゃない??　バカなの!?　死ね!!」

「うるさいざんす！　とっととお宝を投げるざんす！」

「逃げないでよ？」

「ミーを信じるざんす。ここまで一緒にトラップを切り抜けてきた戦友を置いて逃げるなんて、ミーにはとてもできないざんす。逃げるときは一緒ざんすよ！　さぁ、早くするざんす！」

トッティは、秘宝を一度抱きしめると、意を決してイヤミに向かって放り投げた。

「ナイスざんす！」

その両腕で、秘宝をしっかりキャッチしたイヤミの歯が光る。そしてそのまま、イヤミは猛スピードで出口に向かって走り出した。

「あっ、てつめイヤミッ！」

「ウッヒョヒョー！　信じるほうが悪いざんす！　おバカさんはそこでおとなしく石にうまってればいいざんす」

「よくも裏切ったなイヤミ！　ぜったい許さないから！」

「許さなくて結構ざんす！　どーせ二度と会わないざんす！」

アデュー！　と、投げキッスひとつを残して、イヤミは扉の向こうへ消えた。

ヒザから崩れ落ち、床に拳をたたきつけるトッティは、こみあげる怒りを必死におさえこんでいた――――わけではなく。


「あはははは！　あいつバカじゃね？　マジでウケるんですけど」


爆笑していた。

ヨイショと落とし穴を飛び越え、ポケットの中を探りながら扉を目指す。取り出したのは秘宝の地図。その地図の端に書かれた言葉を、楽しげに歌うように読み上げる。

「宝を手にした者は、最初に王の間を出てはいけない。二番目に出た者こそが宝を得るにふさわしい謙虚な者だ――――だってさ♡」

ゆっくりと扉を押せば、ギィと鳴って開く。その先には、ころがる黄金の木彫りデカパン像と大量の矢に射られたイヤミの姿があった。

「信用してたんだよ？　ぜったいボクを裏切ってくれるってね」

そう言って、トッティはお宝を手に、出口に向かってかけだしたのだった。

◇◆◇

ピラミッドから外に出た瞬間、ひときわ大きな音がして、振り返ると今上ってきた階段は崩落していた。完全に、内部は崩れてしまったのだろう。

「研究材料としてはもったいなかったけど、まぁ秘宝さえあればね」

そう言ってトッティが、まぶしい太陽に目を細めたとき――――５つの影が視界をさえぎった。

「よぉ、学者先生」

「オ、オソマツ！」

「まだガイド料もらってないんですけどねぇ」

「イチマツ！　…っていうか、チョロマツ、ジュウシマツ、あと……ちょっとイタい人。生きてたの!?」

完全に、怒りで瞳孔が開ききっている復活のくそガイドに囲まれ、トッティはジリリと後ずさった。

「……ガイド料は、あの……ひとりぶんしかなかったんで、みなさんで仲良く分けてもらわないと」

「5人雇っておいてひとりぶん、というのは、どういうことなんだ？　んー？」

「だって、ひとりだってボク言ったのにお前らが勝手に……」

「声ちっちゃくて聞こえねぇーなー！　で、秘宝は？」

「ないです……」

「んなわけねーだろ」

「ほんとです！　イヤミに取られて！」

「飛んでみろ」

「え？」

「飛べって言ったら飛ぶんだよ！」

「は、はい……よいしょ」


――キボリーン♪


「いまキボリーンって鳴ったな」

「お前やっぱ持ってんな？」

「いやいやいやいや！　持ってないです持ってないです！」

「ここか！　この異様にふくらんだ股間か！」

「いや！　やめて！　そこに秘宝はな――ア――――――ッ!!」


――その後、トッティの姿を見たものは、いない。

六角館ミステリー

目を覚ますと、そこは六角形の不思議な部屋だった。白い壁に窓はなく、天井がやけに高い。家具や小物の類は一切なく、まるで学校のようなビニル床は、ひんやりとしていた。

「え、なに、ここどこ？」

おそ松は上ずった声をあげながら、兄弟たちを探す。

「チョロ松！　一松！　十四松！　トド松！　よし、全員いるな」

「オレもいるぞブラザー」

安定のカラ松スルーはさておき、パジャマ姿で所在なさげに座っていた兄弟たちは、おそ松の指差しに軽く手をあげて応える。どうやら6つ子全員で、この不可思議な空間に放り込まれているようだ。

「ねぇ、これどういうこと？　さっきまでボクたち寝てたよね…？」

トド松が、怯えたように隣のチョロ松にすり寄った。

記憶が正しければ、自分たちは夜の0時をすぎて布団にもぐり、それぞれが安眠モード

に入ったはずなのだが……。

「なんかこういうの映画であったよね。よくわからないまま部屋に閉じこめられて、なんやかんやでひとりずつ死ぬやつ」

チョロ松のあいまい映画情報は、兄弟たちを激震させた。

トド松は声にならない悲鳴を上げ、十四松はいつもの20倍は速いスピードで素振りを始めた。一松は無表情ながらも冷や汗を浮かべ、おそ松も深刻な顔つきをしている。

それぞれに動揺する兄弟たちの前に、カラ松が一歩足を踏み出した。

「心配するなブラザー！　何があってもこのオレが、お前たちを守ってやるからな！」

大きく腕を振り上げ、ぐっと拳をにぎるカラ松を、兄弟たちは見ないことにする。

「どっか出られるとこないの？」

そう言いながらおそ松は、壁に向かって歩き出した。カラ松が「安心しろ。こんな壁、いざとなったら世界を狙えるオレの拳で」とポーズを決めたが、

「ねぇ、このドアから出られるんじゃない？」

という一松の言葉で、すべてかき消えた。


「おおぉ～～～～～～～!!」

兄弟たちの歓喜の声を背に、一松はドアノブに手をかけ軽く回す――――が。

「……開かない」

ガチャガチャガチャ。何度回しても扉は開かない。

一松のこめかみを、ツゥと一筋冷たい汗が流れた。

「んだよマジかよ開けよオラァァ――――ッ！」

ドアノブをつかんだまま、興奮して叫ぶ一松。それに気付いた他の5人も、慌てて扉に駆け寄った。

「ふざけんなよ！　開けろよコノヤロー!!」

「開けろォオ！　開けてくれエェ!!」

「何してくれてんだよ！　マジぶちのめすぞクソがッ！」

「開けぇ～～ゴマッ！　ゴマッ！　ゴマだんごッ!!」

「お願いだから！　マジで開けて？　ね、ね、マジで開けてよ～～～!!」

蹴ったり叩いたり体当たりしたり、それでも扉は一向に開かない。しかも突然、プツリと部屋の電気が消えてしまった。

「「「「んぎゃ————!!」」」」

6つ子の叫びが、暗闇にむなしく響いた。

それからどのくらいの時間が経ったのか、うとうとしかけていたおそ松はハッと目を開いた。

「やべぇ、寝るとこだった……」

「この状況でよく寝れるよね、おそ松兄さん。ほんと心臓強すぎ！」

「や、だって暗いと自然と眠くなんない？」

「なるよ、なるけどこの状況考えて！　探偵のアレだったら、絶対死人出るパターンだからね。寝てるうちに殺されても知らないからね！」

これだけ強く言っても「え～、でもさ～」などと言うクズ長男に、トド松はビシッとある方向を指さしてみせる。

そこにはヒザを抱えて座りながらも、目をギンギンに見開いている一松の姿があった。

「一松兄さんを見て。まったく油断してないでしょ？　ホコリの動きすら見逃さない、まるで暗殺者のような目のかっ開き具合だよ」

「たしかに、完全に目が血走って……ん？　何か言ってるのか……？」

声は聞こえない。おそ松とトド松は、じっと目をこらして唇の動きを読んだ。

「……く、そ、ま、つ、を……い、け、に、え、に……」

「怖い怖い怖い！」

唇の動きを読み上げたおそ松に、トド松は悲鳴を上げた。

そんなときだ。じっと考えていたチョロ松が「ちょっといいかな？」と声をあげた。はっきり姿は見えずとも、５人の目が自分に向くのがわかり、チョロ松はコホンとひとつ咳払いをする。

「犯人の目的はわからないけど、家で寝ていた僕たちをわざわざ移動させて、監禁するようなヤツだ。僕たちに何か恨みがある人間の可能性が高い。用心のためにも、寝ないほうがいいと思うんだ」

それ、似たようなことボクがさっき言ったよね――と、トド松は思った。

「しかし、人間だもの。これだけ暗ければ、眠くなる危険は大いにある」

つか、俺がそれド頭で言ったし――と、おそ松は思った。

「ということで――〝スクエア〟をやってみたいと思います！」

「「「「スクエア？」」」」

『スクエア』とは――


いわゆる都市伝説のひとつ。

とある大学の山岳部に所属する5人が、雪山へと出かけた。

登山を始めた頃は天気が良かったものの、夕方になると天候が悪化。猛吹雪に見舞われ、5人は遭難してしまう。その途中で1人が命を落とし、死んだ仲間を背負って、残る4人は避難場所を探し回った。

すると運良く、無人の山小屋を発見。仲間の遺体を部屋の中央に置き、とりあえずここで吹雪をやり過ごそうと考えた4人だが、小屋には暖房がなかった。

「寝たら死ぬ」

そう考えた4人は、ある方法を思いついた。

部屋の四隅に1人ずつ座り、最初の1人が2人目の場所まで行って2人目の肩をたたく。

1人目は2人目がいた場所に座って、今度は2人目が、3人目の場所まで行って3人目の肩をたたく。同様に３人目が４人目を、４人目が１人目の肩をたたいて１周する。これをくりかえしていれば、もしうっかり寝てしまっても起こしてもらえるという妙案であった。

結果、学生たちはこの方法で寝ずに悪天候をやりすごし、無事下山を果たす。

しかし、よく考えてみるとどうもおかしい。この方法、４人ではどうやっても成立しえないのだ。

１人目は２人目の場所に移動しているので、１人目が元いた場所は誰もいないことになる。しかし、４人目はきっちり１人分の距離を歩いて、肩をたたいたという。

――では、４人目がたたいたのは……？

言葉を失う４人。

冷たくなった５人目の仲間が、ニヤリと笑う気配がした。

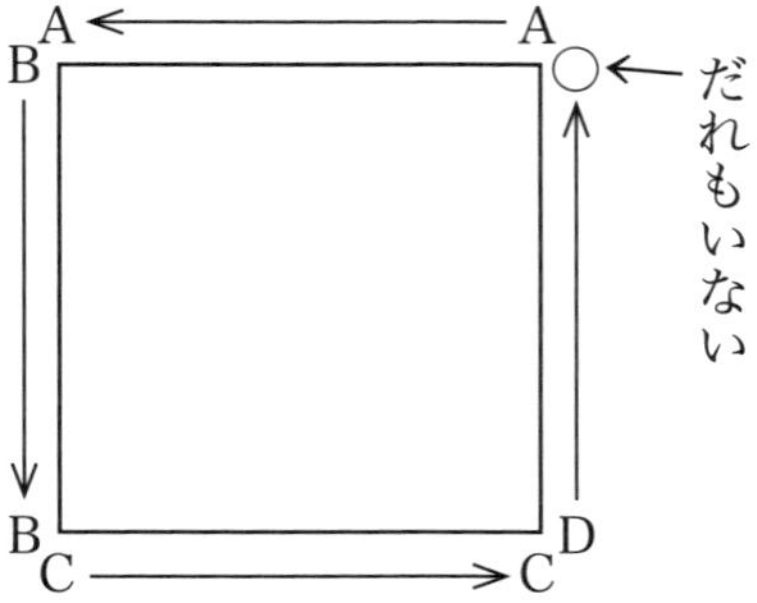

A A
B B
C C
D
だれもいない

「ンギャアアアアアアア〜〜〜〜ッ‼」

トド松が、鼓膜を突き破らんばかりの叫び声をあげた。

「それ、ぜったいユーレイ仲間入りするパターンのやつじゃん！　てか犯人わかんなくてただでさえ大ピンチなのに、なんでさらにホラーな要素追加しちゃうわけ⁉」

「そう言われても、これくらいの緊張感がなきゃ、みんな寝ちゃうでしょ？」

泣きそうになっているトド松とは対照的に、チョロ松はかなり冷静である。

「緊張感が必要だからって、あえて霊界の扉開けるの⁉　無理！　ぜったい無理！」

むしろ自分自身がホラーといえる形相で、トド松はチョロ松につめ寄ったが、暗闇で見えなかったせいか、相手はチョロ松ではなく十四松であった。

しかも運悪く素振り中だったため、

「グボァッ！」

トド松は、逆転サヨナラ満塁ホームランされてしまった。

「アハハ！」

「ナイスホームラン」

一松が十四松をハイタッチで出迎える。おそ松、カラ松、チョロ松も我らが４番を拍手で讃えた。

「んじゃ、トッティが静かになったところで、とりあえず始めよっか」

チョロ松の言葉に、みな「そういえば、なんかやるんだっけ？」と思い出す。

「マジでやんの？」と、おそ松。

「……めんどくさい」と、一松。

「フン、オレはいつでもＯＫだぞ、チョロ松！」と、カラ松。

「あははは！　なんだか楽しくなってきたね！　ハッスルハッスルー！　マッスルマッスルー！」と十四松。


こうして、６つ子たちの長い夜が始まったのであった――――。

《1番：トド松→2番：おそ松》

ホームランから無事帰還したトド松を含め、順番をテキトーに決めた6人は、それぞれが割り振られた部屋の隅に移動した。

おそ松は2番手。1番手であるトド松から、肩たたきというバトンを受ける。

「いや、俺は別にユーレイとか信じてないけどね」

と言いながらも、おそ松の心臓はドドドド……と早鐘を打っていた。

(やべぇ〰〰なんか超怖くなってきたぁ〰〰〰〰〰!!)

順番決めのあたりまでは、めんどくさいと思いこそすれ、特に恐怖を感じなかったのだが……決められた位置に移動し、兄弟たちの気配が感じられなくなったとたん、ブルルと身体が震えだしたのである。

おそ松は、背後霊に襲われる可能性を考え、なるべく隙間のないよう壁にペタリと背中

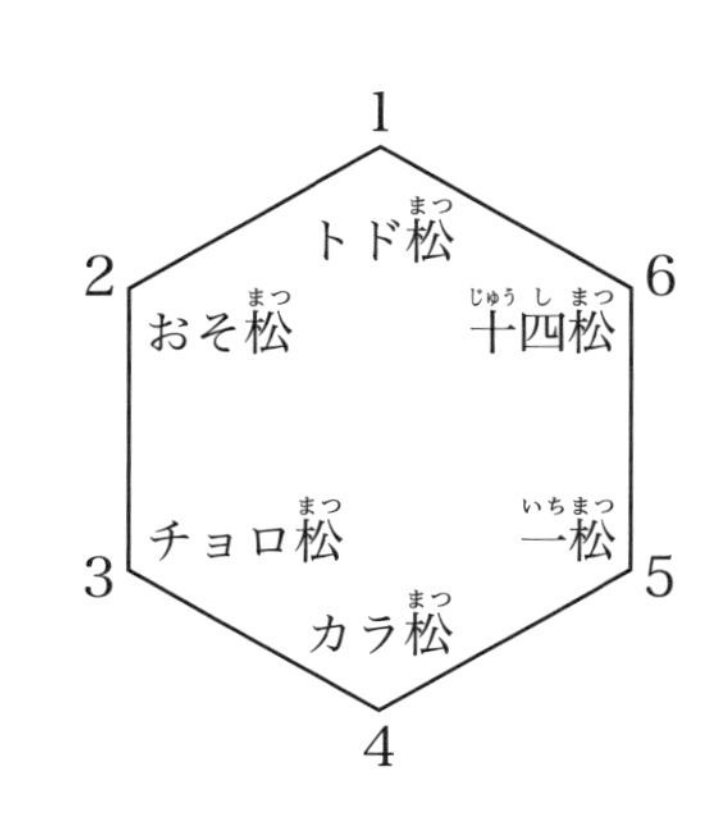

をくっつける。
（トド松、早く来てくれよ〜〜〜〜〜！）
祈るおそ松の耳に、ペタリ、ペタリと人の足音が聞こえてきた。
トド松が来たとわかってホッとすると同時に、突然「もしも」の不安がおそ松を襲う。

――もし、トド松じゃなかったら？

まるで耳のそばにあるように、心臓がうるさい。
（いやいや、トド松がくるに決まってんだろ。もし違ったら――違ったら？　俺はどうすればいいんだ？）

答えは出ないまま、ペタリ、ペタリという足音だけが近づいてくる。

しばらくすると、うすぼんやりした視界に、なんとなく人の形をした影が映った。

（ホホホホーラ、あれやっぱトッティだよ！　だってトッティな頭してるもん。肩もトッティ肩だし……いやでも、あいつあんなズルッズルした歩き方してた？　てかトッティの歩き方って何？　ねぇ、あれマジでトド松？）

おそ松が完全にパニくっているうちに、影はもう目の前まで来ていた。


「おそま」

「ギイヤアアアア!!」

おそ松は、目の前の影をとりあえずブン投げた。

《2番：おそ松↓3番：チョロ松》

「痛〜〜〜ッて‼」

3番手・チョロ松は、後頭部への突然の衝撃に、頭を抱えてその場にしゃがみこんだ。

たんこぶをなでながら振り返れば、そこには額から煙を出し、完全にノビているトド松の姿があった。

「え、なんでトッティ飛んできてんの⁉」

自分を襲った弾道ミサイルはこれかと理解したチョロ松の耳に「やぁやぁ」と、のんきな声がした。

「ごめんごめん。ちょっとビビっちゃってさ、ユーレイと間違えてブン投げちゃって」

さっきまでブルっていたおそ松だが、チョロ松と会えて安心したのか、いつものクズっぷりを取り戻していた。

「弟ブン投げるとか、お前ほんと鬼だな！　まぁいいや。とりあえずトッティ自分とこに戻してきてよ。これじゃスクエアになんないからさ」

「えー、めんどくさい。自分でやれよ〜」

――――カチン、なのか、ブチン、なのか。とにかく派手な音を立て、チョロ松の堪忍袋の緒は切れた。

「長男コラー！　お前がやれ！」

チョロ松は、光の速さでおそ松の背後に回り、一片の無駄もない動きで身を沈めたかと思うと、スペースシャトル射出のごときパワーで、己の二本指を突き上げた。

「トッティ持ってけやぁぁぁ！」

「グオワァァァ‼」

ブッスリと、二本指は見事おそ松の尻を貫いた。

《3番：チョロ松→4番：カラ松》

チョロ松とおそ松が、醜いカンチョー合戦を繰り広げていたその頃。

カラ松はひとり、壁にもたれてスーパーかっこいいポーズをキメていた。

「こういうことをしていると、霊が寄ってくると聞くが……」

そう言うとパジャマの開きに両手をかけ、ヒジまで「バッ！」とはだけてみせた。

「オレの輝きは、ゴーストすら浄化する。そう……GO・RA・I・KO・U！」

カラ松は輝く素肌（と本人は思っている）で、ゴーストを浄化した（と本人は思っている）あと、いつまで経ってもやって来ないチョロ松の様子を見に行き、おそ松とチョロ松のカンチョー合戦に巻き込まれるのであった。

《4番：カラ松↓5番：一松》

「オレのヒップがバーニン……ッ！」

カンチョー地獄からなんとか脱出したカラ松は、ほうほうのていで5番手の一松の元へとたどり着いた。

「ま、待たせたな、ブラザァ……！」

背中を向けていた一松の肩に、力強く手を置く。

一松は、ゆっくりと振り返り、落ち着いた口調でひと言告げた。


「……チェンジ」

「え」

《5番：一松↓6番：十四松》

一松は、吹き付ける風に身をすくませた。両腕で己を抱きしめるようにして、それでも前へ進んでいく。

（くそっ、どんどん風が強くなってきやがった）

強風は、十四松がいるあたりから吹いている。はたしてこれは霊の仕業なのか、それとも……？

尋常じゃない風圧に逆らうように、一松は「十四松！」と声をかける。が、返事はない。

にわかに不安に駆られ、残った力をふりしぼって十四松の元へ急いだ。

そして――目を開けているのもやっとの風の中、一松が見たものは……。

「ドゥルルル〰〰〰！　ドゥルルルル〰〰〰！」

高性能ドリルのように回転し、強いつむじ風を巻き起こしている十四松の姿であった。

「十四松……何してんの？」

一松が声をかけると、十四松の動きがピタリと止まった。と、同時にあれだけ強かった風もピタリとやむ。

「ヒマだから回ってた！」

にぱっと笑った十四松は、なんでもないことのように言った。

「そう。待たせてごめん」

「だいじょーブルペン！」

「次、トド松んとこいきな」

「オッケー！」

楽しげにスキップで消える背中を、一松は、なんとなくモヤっとした気持ちで見送った。

《6番：十四松→1番：？？？》

「……ん？」

一松は、見送ったはずの背中がUターンして戻ってくるのを見て、首をかしげた。

「十四松？　どうした、トド松のところに」

「うん、だから！」

そう言うと、とつぜん十四松は一松の目の前で腕を大きく振り上げ、それからいきおいよく振り下ろしてきた。

「ななななんでッ⁉」

殴られる！　と、とっさに目をつむった一松だが、いつまで経っても想像していた衝撃はやってこず、そうっと薄目を開けた。十四松の振り下ろした、その腕の先には……。

「トッティみーっけ！」

「見つかっちゃった～♡」

と、トド松。

「は？」

一松は、ぽかんと口を開けた。

ぶっちゃけ一松にとって結末はどうでも良かったが、なんとなく、オカルトめいたことにはならず、1番不在で、そのまま2番のトド松のところまで十四松が行くんだろうなぁ、と考えていた。それが、である。

「トド松、なんでおれの後ろにいんの？」

1番どころか、2番までも不在だったとは。しかも自分の後ろにいたとは。

「だって、ひとりでいるの怖くって。一緒に回っちゃえば怖くないじゃん？」

チョロ松とおそ松がもめている間に目を覚ましたトド松は、本来自分がいるべき2番には戻らず、カラ松、そして一松の後をこっそりつけていたのだと言う。

なるほど、と納得した一松であったが、納得していない男がひとり。

「ちょちょちょ！　困るよトッティ！」

大声を上げながら、走ってきたチョロ松だ。

ゼェゼェと呼吸を乱しつつも、トド松の両肩をつかんで乱暴にゆする。

「ちゃんとやれよ！　これじゃ、ほんとにひとり増えたかわかんないだろ！　真剣にやれよ！　遊びじゃねぇんだよ！」

「え……なんでそんな必死になってるの？　引くんだけど」

ひとり熱くなるチョロ松に、トド松はドン引きだ。

そこへ、尻を押さえたおそ松が、遅れて顔を出した。

「ほんと。寝ないように……とかって言いながら、こだわり強くってさ。なんか怪しいと思ったんだよな」

その手にはビデオカメラ。そして、その側面には〝**松野チョロ松**〟の文字がはっきりと記されていた。

「どーいうことだブラザー……？」

「い、いや、僕は知らない！」

「盗られたくないからって、自分の名前を書いたのが裏目に出たなぁ、チョロ松〜」

自分の勝利を確信して、ゲスな笑みを浮かべるおそ松と対照的に、チョロ松は額から汗を流し、ひたすら目をそらし続けた。

「チョロ松兄さん？　まさか、ボクたちのこと盗撮してたの？」

「この部屋に連れてきたのも、まさか……」

チョロ松は、何かに耐えるようにじっとうつむいていたが、逃げられないと悟り顔を上げた。そして――――、

「さ――せんしたっ!!」


床に額をこすらんばかりに土下座したチョロ松に、みなが困惑の表情を浮かべる。

「チョ、チョロ松兄さん……？」

「僕、みんなをだましてました！」

顔を上げないまま、うなるようにチョロ松は叫んだ。

「にゃーちゃんが『ユーチューバーってカッコいい』って言うから、僕もちょっとやってみたくて……。にゃーちゃんはきっと、○○やってみた〜的なやつが好きだと思うんだよね。でも、そういう系ってもうお腹いっぱいってくらいあるじゃない。で、ホラー動画に目をつけたわけ。あんまなくない？　ないよね？　これなら意外とバズるんじゃないかと。なんせ僕ら6つ子だからね。話題性は十分でしょ！」

種明かしをしているうちに興奮してきたのか、チョロ松はもう土下座をやめていた。

「で、寝てるうちにみんなを移動させて……あ、ひとりじゃさすがに無理だったよ〜。そこはほらコネクションを使って。ネゴシエイションでなんとか」

ネ！　と、ウインクをかましたチョロ松に、5人の腕が伸びる。

「「「「「ネ！　じゃねぇよ——————ッ!!」」」」」

5人は、チョロ松の頭を思いっきりつかんで、もう一度地面にめりこませた。

「クソが！」

一松は、地面にささったチョロ松に、ぺっとツバをはきかける。

「まったく、チョロ松はほんとどーしょーもないやつだな〜。っと、十四松ちゃんと撮れた？」

くるりと振り返ったおそ松に、ビデオカメラを構えていた十四松が手を振った。

「ねー、おそ松兄さーん！　動画のタイトル【兄弟、地面にめりこませてみたｗｗ】でいいかな？」

「なんかありきたりだなー。それにちょっといじめっぽい。もっと楽しげなやつない？」

「じゃあ【地面から兄弟のケツ生えてきたｗｗ】は？」

「うん。まぁまぁじゃない？」

「じゃあ、これで投稿し」

「って何、ヒトをネタにして動画撮ってんだコラ――!!」

まさかの事態に、今までめりこんでいたチョロ松が根性で顔を上げた。

頭から血を流しながら、目の前でスッと二本指を立てる。

あまりに覚えのある構えに、ハッとしたのはおそ松だ。恐怖の表情を浮かべながら、じりじりと後ずさる。

「チョ、チョロ松……俺はただ、お前の動画の有効活用を」

「タイトル完全に僕だよね」

「そ、そう！　チョロ松が主役の」

「そーいうこっちゃねぇんだよぉ――――ッ！」


――ブスリ！

6つ子たちの、長い夜は終わりを告げ、新たな祭りが始まった。

◇　◆　◇

「で、みんなケツが痛くて座れねぇってのか。てやんでぇバーローチキショー」

その夜、チビ太のおでん屋で、６つ子たちは完全なる立ち食いスタイルだった。

「ここはチョロ松のおごりだかんな」

「は？　なんで！」

結局、その後のカンチョー祭りでカメラは大破、動画も消えてしまったので、チョロ松のユーチューバーデビューは水泡に帰した。

「ていうか、みんなもめりこみ動画撮ろうとしたよね？　おあいこじゃない？」

「いや、拉致監禁の罪が残ってる。出るとこ出たっていいんだぜ？」

おそ松に痛いところを突かれて、チョロ松は言葉を飲み込んだ。そして、あきらめたように大きくため息をひとつ。

「ひとり1杯までだからね」

やったーと歓喜の声があがる。

チビ太は「こいつらなんやかんやで仲いいよな」と思いつつ、兄弟たちの前に皿を並べていった。

最初に気付いたのは十四松だった。

「ねぇねぇチビ太、ひとつ多い」

「は？　んなわけあるかよバーロー」

チビ太は、兄弟たちの前に並べた皿を念のために数えていく。

「1、2、3、4、5、6、**7**……合ってんじゃねぇか、てやんでぇバーローチキショー。お前ら**7**人で」

「チビ太」

カタカタと歯を鳴らし、今にも消えそうな声でおそ松が言った。
「俺ら6つ子……」
7人目は、はたして――――？

松と砂漠の
6人の王子

「やった！　限定版ゲット!!」

今日は、トト子がずっと欲しかったゲームの発売日。トト子はこの日を、今か今かと指折り数えて待っていたのだ。

「超話題だったし、買えなかったらどうしようって思ってたけど、ゲットできてほんとよかったぁ♡　一生懸命バイトしたかいがあったなぁ」

　トト子がゲットしたのは、あの〝Ｆ６〟と恋ができちゃう、いわゆる〝乙女ゲー〟だ。マスコミの事前調査では日本人女性の９割以上が「絶対買う」と回答し、かつ、予告だけでときめいたファンが何人か死亡するなど、社会現象にまでなっていた。

　そもそもＦ６とは、びっくりするほどルックスのいい生徒が集まる〝ＢＬ制〟のおそ松学園に通う６つ子たちのこと。赤塚不二夫財閥に属する彼らは、不二夫の〝Ｆ〟をとって通称〝Ｆ６〟と呼ばれているのだ。

長男——爽やかジャスティス・松野おそ松。
次男——肉を肉で巻いて食べる肉食系肉・松野カラ松。
三男——ハー●ード大学准教授、ビューティージーニアス・松野チョロ松。
四男——カリスマ的求心力、ミステリアスクール・松野一松。
五男——一万人斬りの王子様、スイートプリンス・松野十四松。
六男——奇跡のルックス・キューティーフェアリー・松野トド松。

彼らの人気は日本中、いや、世界中にとどろき、いまや一国家に匹敵する地位と権力を手に入れたと言われている。そんな彼らのゲームを、赤塚不二夫財閥が総力を挙げて作ったというのだから、ときめきすぎて死ぬ人間が出てもおかしくはない。

「F6と恋愛気分が味わえるゲーム……どんな幸せが待ってるんだろう」

鼻にキラリと輝く鼻血にも気付かず、トト子は家路を急ぐのであった。

◇◆◇ゲーム仕様◇◆◇

PM6ソフト『松と砂漠の6人の王子』
ジャンル：砂漠の中からでもキミというきらめくダイヤを見つけるよアドベンチャー
通常版／6100円＋税　ポスター付き限定版／8100円＋税

◇◆◇プロローグ◇◆◇

――始まりは、いつもの日常だった。

いつもの時間に家を出た主人公のあなたは、いつもの通学路で学校に向かっていた。
しかしその日は運悪く、通り道である公園で魔女の集会が行われていた。仕方なく、遠回りをすることに決めたあなた。

学校には間に合うはず……と、ふたつめの角を曲がった瞬間。
突如として足元のアスファルトが大きく開き、あなたは、暗い奈落の底へと落ちていってしまったのだった。

「ここは……砂漠？」

どれくらい意識を失っていたのか、目を覚ますと、あなたは砂漠に寝転がっていた。
なぜ？　どうして？　ここは、どこ……？

——突然放り込まれた異世界で、あなたの、人生を変える恋が始まる。

☆☆☆おそ松ルート☆☆☆

見渡す限り、そこには砂しかなかった。

この不可思議な状況に頭も心もついていかない。私は、とにかく焦っていた。

「それにしても……」

頭上から照り付ける太陽を、目を細めて振り仰ぐ。

このままここにいたら、きっと干からびて死んでしまう。なんとかして水場を探さないと……。

恐怖か緊張か、すくむ足を奮い立たせ、私はあてもなく砂漠を歩き始めた。

しかし――――歩けども歩けども、景色は変わらないまま。

「映画とかでは、砂漠にオアシスって必ずあったような気がするんだけど……」

もう喉はカラカラで、歩き慣れない砂漠に足はパンパン、それに何より、制服のミニスカートからのぞいた足が火傷しそうに熱い。

「このままじゃ……ミイラになっ、ちゃ……」

かすれる声でつぶやいた瞬間、意識が遠のき、視界がグンと地面に近づいた。

（だめ、倒れる……！）

私は、やってくるだろう衝撃にぎゅっと目をつむる。が、やってきたのは柔らかくて、生あたたかい感触……。

（あれ？）

ゆっくりとまぶたを上げると、そこには
「ラクダ――――!!」

私は、首を下げたラクダの頭に体を預けていた。

「え、なんでラクダが？」

「砂漠の真ん中に女性がひとりとは……何か深い事情でも？」

とつぜん頭上から落とされた声に、はっと振り返る。

そこには、頭からガウンのような白い布をすっぽりかぶった男性が、ラクダの背にのったまま私を見下ろす姿があった。

目しか見えないけれど、そのキラキラ輝く瞳と、端整で少し甘い声だけで、イケメンだってわかる。

吸い込まれるような瞳に見惚れ、何も言えずにいる私の前に、彼は勢いをつけて後方に30回転20回ひねりで、ラクダから飛び降りた。

「ウルトラC⁉　ううん、ウルトラZの超大技―――ッ‼」

着地もカンペキに決め、すっと私の前にひざまずく彼。

「旅をしてきたの？　こんな装束は見たことがないな……異国から来たのかい？　いずれにせよ、灼熱の砂漠でこんなに肌を露出させるなんて、この国では愚か者と言われても仕方がないよ。キミ、体は大丈夫？」

そう言うと、彼は自分の白いガウンのすそを両手でバッといきおいよく持ち上げる。

「キャッ☆」

み、見えちゃう〰〰〰！

慌てて、両手で目を隠そうとしたけれど、そのスピードより早く私の視界が塞がれてしまった。

（え、なに……？　私いま、抱きしめられてる……？）

そう、私は彼のガウンの中で、ガウンごと彼に抱きしめられていたのだ。

少し汗ばんだ肌は吸いつくような滑らかさで、甘いバラのような香りがする。

ドクンドクンと鳴る心臓は私の……？　それとも彼の……？

うっとりと心音に耳をかたむけていると、ガウン越しだからだろうか、少しくぐもった、
それでも熱をおびているのがわかる情熱的な声が聞こえた。


「愚か者は、檻に入ってもらわねばならない……愛という檻の中に、ね」

「終身刑でおぉお願いしま――――す!!」


そのまま彼のガウンにくるまれて、私が連れて行かれたのは王宮。

え？　あなたが、この国の王子様――!?


「俺の名前は爽やかジャスティス第一王子、松野おそ松。近い将来、この王国を統べる男だ！」

☆☆☆チョロ松ルート☆☆☆

おそ松王子に拾われた私は、王宮の侍女として働くことになった。

かくかくしかじかで……と、知らない世界に来てしまったことを告白すると、おそ松王子は私をお抱え占い師に紹介し、結果「異世界から来た」と診断された。

やはり異世界にやってきたのだという実感が徐々にわいてきて、思わず涙が出そうになる。

「もう、ママやパパに会えないのかな……」

「きっと戻れますよ」

「……！　チョロ松王子！」

見れば、部屋の入口に背を預け、メガネのブリッジを指でそっと押し上げる第三王子の姿があった。

「す、すみません王子……ヘンなところをお見せしちゃって」

さぼってるって思われちゃったかな⁉

私は、チョロ松王子から整理を頼まれていた書類の束を、あわててかき集める。しかし王子は、切れ長の理知的な目をゆるめ「大丈夫ですよ」と優しい声で言った。

それから、風でカーテンが舞う窓辺に立ち、手元の分厚い本のページをめくる。

「いま、過去の文献などを調べて、あなたが帰れる方法を探っています」

「王子……」

チョロ松王子は、王家の歴史が始まって以来の天才だそうだ。その美しさもあいまって〝ビューティージーニアス王子〟と呼ばれている。

でも、いくら天才とはいえ、機械もない世界から、私を帰すなんてできるの……？

そんな不安が顔に出てしまっていたのかもしれない。

「トト子さん、こちらへ」

王子は、窓辺に近寄った私の後ろから、手のひらで私の両目をそっとおおった。

「お、王子……？」

「あなたに出会った瞬間から、私のブレインはかつてないほど活発に動きだした。きっと帰る方法も見つけ出して見せます」

「え、でも……」

「私のブレインの可能性を疑っているのですか？　では、その証拠をお見せしましょう」

そっと手が離れて、視界が明るくなる。ゆっくりと目を開けると、なんとそこには……

「み、緑……？　砂漠に緑が……！」

今朝まではベージュ一色だった世界に、緑の絨毯が広がっている。

「緑化に成功したのです。長年、研究してはいたのですが、なかなかこれといった手ごたえがなく……しかし、あなたという外部刺激を受け、シナプスが全てつながったようですね」

「2時間くらいで砂漠に木が生えるなんて……す、すごい！」

「もし、こういった科学的な功績を称える賞がこの世にあったとしたら、共同研究者としてトト子さんを挙げたいと思っています」

「え！　私は何もしてないのに……」

「いいえ。きっかけはあなたなのだから、何もしていないなんてことはないんですよ。それに私自身、証を残したいのです」

「証……？」

不思議そうな私の手を優しく握り、チョロ松王子は少し照れくさそうにほほ笑んだ。

「この功績は、後世にまで語り継がれるでしょう。つまり、私たちの名前が寄り添って刻まれるのです……永遠に」

「フォ、フォーエヴァー……♡」

☆☆☆トド松ルート☆☆☆

「キミが異世界からきたっていう子？」

私が洗濯をしていると、末っ子の第六王子・トド松王子が、干したシーツの影からピョコリと顔を出した。

「……あ、はい」

王子は持っていた日傘をくるくると回しながら、傍らの縁石に腰かける。それから、こてんと首をかたむけて、自分の隣をポンポンとたたいた。

「おしゃべりしよ♡」

か、可愛いぃ〜〜〜！　萌え袖に上目使い、もはや小悪魔ガールなんて目じゃないわ！

さすが〝キューティー・フェアリー〟と呼ばれるトド松王子……。

私は、王子の女子力に少しおののきつつも、その隣に腰かけた。

「異世界いいなぁ〜。ねぇねぇ、トト子ちゃんがいた世界って、どんなとこ？　可愛いお洋服とか売ってる？　あと、美味しいスイーツとか！」

「え、あ……はい」

「やっぱりそうなんだ♡　だって、トト子ちゃん可愛いもんね。肌もキレイだし……こんな砂漠じゃ肌も荒れる一方だよ」

そう言って、王子はぷっくぅと頬をふくらます。

いやいやいやいやいや。王子の方が美肌ですし。むしろ豆腐レベルで白肌ですし！

「あーあ……ボクも違う世界に行ってみたいな。こんな戦争ばっかりの国、ボクはもういやだよ……」

「王子……」

さっきまで明るく輝いていた王子の横顔に、陰が落ちる。

そう言えばこの国は、どっかの国と戦争したりしなかったりしているらしい。おそ松王子をはじめ、王子たちは出陣したりしなかったりなんだとか。

きっと他の王子たちも、トド松王子のように心を痛めているに違いない。だって、私が出会った王子たちは、みんな優しい方ばかりだから。

「戦争なんて、なくなればいいのに……」

私がつぶやくと、王子はくるっとした目をさらに大きくして声を上げた。

「その言葉、待ってたよ！」

「え……？」

戸惑う私の目の前で、王子は手のひらを2、3回振ったかと思うと、その手には短い杖が握られていた。

「男の子はね、お願いを聞くためなら魔法が使えるよーになるんだよ♡　そ〜〜れ、クルクルプルリ〜〜ン♪　戦争なんて、なくなっちゃえ〜〜〜☆」

「ええ——!?」

王子は可愛すぎる笑顔で、ハートの模様を描くように杖を振る。杖の動きに合わせて、キレイな星が光ったように見えて、私は目を瞬かせた。

すると間もなく、庭の向こうから衛兵が走ってきてトド松王子にこう告げたのだ。

「王子、○○国との和平が成立しました！」

——と。驚く私の顔を見て面白そうに笑った王子は、私の顔を下からのぞきこむと

「バチン☆」とひとつウインクした。

「でも魔法を使えるのは、大好きな女の子のお願いを聞くとき限定――だよ☆」

「ファファファファファ~~~~~!」

☆☆☆一松ルート☆☆☆

「ここにいらっしゃったんですか」

王宮の中庭で小鳥とたわむれる第四王子・一松王子に声をかけると、王子は「見つかってしまったか」と困ったように、それでいて少し嬉しそうな声で言った。

一松王子は、〝ミステリアスクール〟と呼ばれるほどに不思議な雰囲気がある人で、なんちゃら王家の末裔だってウワサだけど、私にはよくわからない。

「そろそろ日が暮れます。中に入らないとカゼを引きますよ」

「ありがとう。でも、おれはまだここを離れるわけにはいかないんだ。ここで見張っていないと……お前を奪われてしまう」

「え」

私を奪いにくる人間がいるなんて聞いたことはないけれど、一松王子が私を守ってくれていると知って、私の心臓はトクンと音を立てた。

「敵は強大でおれ自身、どこまで戦えるかわからない。だがそれは〝今は〟の話。固く扉を閉ざしている第6界を開放することができれば……。そのためには鍵が必要だ。おれの〝ダークサイドピース〟と対になる〝シャイニーワールドピース〟を見つけることができれば……」

意味深なことを言い出した一松王子の肩に、私はとりあえず、持ってきたブランケットをかけた。

「よくわかりませんけど、鍵を探せばいいんですか？　私、協力……」

――ドン！

（え？）

とつぜんの壁ドンに、私は大きく目を開き息をのんだ。

ま、まままさか一松王子、私のことを……私があなたのシャイニーワールドピース!?

「サソリだ」

「どぅえぇぇぇッ!!」

横目で見れば、王子の拳の下でサソリが一匹死んでいた。

「ど、どどど毒とか大丈夫ですか？」

「大丈夫だ。おれはあらゆる毒に耐性がある。小さい頃から自主的に訓練している」

「自主的に！　毒の！　訓練！」

「トト子……」

――ドン！

王子はサソリを投げ捨てると、今度は本当の本当に壁ドンしてきた。気を抜いていたから、今度こそ心臓が張り裂けそうになる。

「おれ以外のやつに、傷つけられることは許さない。たとえサソリでも……だ」

「…………はい♡」

☆☆☆十四松ルート☆☆☆

今日は王宮主催の舞踏会。なぜか私も参加することになったんだけど……

「なんか、場違いじゃない？」

私は、さっきから壁の花。フロアでは可愛い女の子たちが、王子たちを取り囲んでいるからだ。

しょせん私は異世界の女。この国の王子とは結ばれない……

「――って私、何考えてるの!?」

頭に浮かんだスイーツな考えを、追いやるように頭をふる。

視線を上げると、そこにはひときわ華やかな集団がいた。その中心にいるのは、第五王子の十四松王子だ。

「いいよ、次はキミだね。アハハ、押さないで。ちゃんとみんなにキス、してあげるから♡」

「キャア〰〰〰♡」

さすが〝スイートプリンス〟十四松王子。甘い言葉で女の子をとっかえひっかえ、ダンスダンスダンス……アンドキス！

中に入っていけず、悲しくなった私は大広間から逃げ出した。

どれくらい走ったのか、私はいつの間にか王宮の敷地の端まで来ていた。弾む息を整えていると――

「トト子ちゃん！」

「王子……？」

振り向けば、私と同じように息を切らした十四松王子が立っていた。

「僕から逃げるだなんて……いじわるな子ねこちゃんだ」

そう言って自嘲気味に笑うと、すっと前髪をかきあげる。

「だって王子の周りには可愛い女の子たちが、いたじゃないですか」

「トト子ちゃんだって、可愛い女の子だよ」

「え……」

「キミへの気持ちが真剣だってわかってほしくて……ひとつの答えにたどりついたよ。見て」

王子がすっと指をさすと、その場にあふれんばかりの光が差した。くるくる回るスポットライト、軽快なドラムロール。そして現れたのは……

「お、お城!?」

「キミとふたりで踊るために建てたんだよ、さっき」

「さっき!?」

「ぼくがひとりで」

「ひとりで!?」

「真剣だって、わかってもらえたならいいんだけど……」

暗くてよく見えなかったけれど、よくよく見てみれば王子の服装はさっきまでの盛装ではなく、ニッカボッカだった。
まさかのとび職⁉　ガテンの王子様も……♡
「トト子ちゃん……シャルウィダンス？」
「イエス！　ウィーキャン‼」

☆☆カラ松ルート☆☆☆

今日は、執事さんに頼まれて市場に買い物へ。

美味しそうなパンが焼けるにおいに、不思議な色の魚たち……この市場にはたくさんの物があふれていて、まるで砂漠の街とは思えないにぎやかさだ。

「え、８００Ｇ？」

魚を買うと値段を告げられ、思わず大きな声が出てしまった。

「そんなにするんですか？　私、５００Ｇしかわたされてないんですけど……」

わたされた買い物メモをもう一度ながめる。たしかにこの魚のはずだが…預かった金額よりも高い。

どうすることもできず、途方にくれていたそのとき――

「ったく、せこい商売してんじゃねぇよ」

後ろから、ドスのきいた低い声が響いた。サングラスごしでもわかる。鋭く射抜くような目、そしてハダカの上半身……この男、きっとタダ者じゃない。

「おい親父。相手がうちの国のモンじゃないからって、ぼったくりはよくねぇな」

「ぼったくり!?」

「カラのダンナ！　そ、そんなんじゃありやせんよ！」

「そうやってショバ代もちょろまかしてんだろ。元締めが知ったらどうするだろうな？」

「そんなことしてませんって！　勘弁してくださいよ〜〜〜」

「じゃあこれは口止め料としてもらってくぜ」

カラのダンナ、と呼ばれた男はそう言って、私が買うはずだった魚をつかむと「じゃあな」と踵を返した。

え、どういうこと？　私がこの国の人間に見えないから、ぼったくられたってこと？

ていうか、その魚は……

「ちょっと待って！」

私は思わず、彼のマントをつかんでいた。

「なんだブス」

「ブブブブブブスですって⁉」

あまりの衝撃に声がひっくり返ってしまったけれど、気を取り直して、頭ひとつ高い男をにらみつけた。

「その魚、そもそも私が買おうとしてたんです。返してください！」

「あ？」

「仕事ですから。買って帰らないとマズいんです。そもそも私は王宮の侍女として、お使いに来ているんです。それは王子たちが食べるものですよ？　返してください！」

「王宮の侍女……お前が？」

「はい！　王子様のお世話係をしているトト子です」

こちらがにらみつけても、カラは特別なんの反応も見せない。これ以上は埒があかないと、私は実力行使に出ることにした。

「魚返し……キャッ！」

魚を奪い取ろうと飛びかかったはずが、カラに思い切り右手をつかまれる。

「な、なにするのよっ！」

「ピーピーうるせぇんだ……よっ！」

瞬間、感じた浮遊感。驚く間もなく、私はカラにお姫さまだっこされていた。

「つたく、無茶してんじゃねぇよブス。だが……そういう無鉄砲なオンナ、キライじゃないぜ」

言うが早いか、カラは自分が乗ってきたラクダに私を乗せた。そして、魚を私の手ににぎらせて、耳元でささやいた。

「今からお前をこの魚のように跳ねさせてやる。ベッドでな」

「べべべべべべべべッドおおおおお??」

☆☆☆共通選択画面☆☆☆

ベッドで跳ねさせるって、どういうこと……?

ドキドキしながら、カラとラクダでタンデムしていると、後方からドドド…と地鳴りのような音が聞こえてきた。

「チッ。面倒なヤツが来やがったぜ……」

カラの悪態に、首だけひねって後ろを見やれば……

「うそ! おそ松王子?」

「トト子ちゃ〜〜〜〜〜〜〜〜〜〜〜ん！」

ラクダにのったおそ松王子が、砂煙をあげながら猛スピードでこちらへ走ってくる。そして、みるみる間に追いつくと、カラ松のマントをぐっとつかんだ。

「カラ松、トト子ちゃんをどうする気だ！」

「よぉ、おそ松兄さん」

「兄さん……？」

ふたりを交互に見つめれば「兄弟なんだ」と、おそ松王子が苦笑いした。

じゃあ、この人が私がまだ出会っていなかった、〝肉を肉で巻いて食べる肉食系肉〟と言われている第二王子の……？

「そう、こいつは第二王子のカラ松。窮屈な王宮暮らしを嫌って街へ下り、身分を隠してチンピラみたいな生活をしているんだ。王子としての責任をオレたちに押しつけて、自由気ままな街暮らし。だけど……俺たちの目の届かない、小さな悪をつぶすために危険な役回りをしていることを知っている。まったく、困ったやつだよ」

「ハッ！　困ったやつで結構。適材適所って言葉を知ってるか？　オレは国を相手にするより、ゴロツキ相手にしてるほうがラクなんだよ。国は、おそ松兄さんみたいな立派な人間が治めるべきだ」

ふたりの王子は、しばらく無言で視線を絡ませると、ニヤリと笑った。そして同時に、声を上げる。


「「だが、トト子（ちゃん）は渡さない!!」」


「俺はさっき、トト子ちゃんを奪いにきそうな約100か国をすでに支配下においた！」

「あぁそうですか。じゃあオレは、トト子のためにダイヤモンドを100〜200個くらいつぶすぜ！」

「なに！　世界一硬いダイヤを……!?」

驚くおそ松王子に、挑戦的な笑みを浮かべると、カラ松王子はダイヤモンドを親指と人差し指にはさんで猛スピードでつぶし始める。

パリン！　パリンパリンパリンパリン！

「負けるか！」

そう言うが早いか、おそ松王子もあのダイヤモンドをつぶし始めた。

「俺も、トト子ちゃんのためなら国を捨ててもいい。このダイヤモンド勝負だけは譲らない！」

「はっ、ぬかせ！」

「やめてふたりとも！ 私のためにダイヤモンドをパリンパリンしないで！」

私は叫んだ。これ以上、私なんかのためにふたりの王子を砂漠でパリンパリンさせることはできない。

「ひとつずつつぶすのは効率が悪いですね。相対性理論を使えば5億個つぶせますよ」

「チョロ松王子!?」

「ボクだって、トト子ちゃんのためならパリンパリンしちゃうよ♡」

「トド松王子！」

「どうせなら、トト子ちゃんをパリンパリンしたいな」

「十四松王子！」

「お前とは輪廻を巡って何度もパリンパリンする運命なのか……」

「一松王子！」

いつの間にか、残りの王子たちがラクダに乗って並走していた。


「まったくお前らは……」


おそ松王子は一瞬あっけにとられて、それから大声で笑いだした。

「オレたち、やっぱり6つ子だな。ひとりの女の子に、砂漠を焦がすほどの熱さで恋をしている……」

「まったくだ」

カラ松王子が笑ったのを合図に、彼らは全員ラクダを止める。

そして、私の前に6人ズラリとひざまずくと、声を揃えてこう言った。


「「「「さぁ、お好きな王子を！」」」」

どの王子を選ぶ？

A　おそ松王子
B　カラ松王子
C　チョロ松王子
D　一松王子
E　十四松王子
F　トド松王子

◇◆◇

トト子は迷っていた。コントローラーの十字キーの上で、親指は止まったままだ。
正直、どの王子でもいい。なぜなら、全員攻略するつもりだからだ。

しかし、トト子としては初めて見る乙女ゲームのエンディング。ひとりめは慎重に選びたい。

「よし……第一王子ってことは国王になる可能性大だし、おそ松王子にしよっと」

誰に言うでもなくつぶやいて、Aにカーソルを合わせ……

「あれ？」

選択肢が動かない。ああやっても、こうやっても、そうやっても動かない。

「どうなってるの―――っ！」

トト子は本体をバシバシ叩いた。叩いているうちに反応し始めた……が。

『トト子ちゃん、俺を選んで！』

おそ松王子が大きくなった。

『お前みたいなブス、もらってやれるのオレくらいだぜ』

カラ松王子の指2本でキメる「チッス！」が、「チッスチッスチッスチッスチッス……」と無限ループし始めた。
チョロ松王子のメガネは外れて宙に浮き、トド松王子はラクダのこぶに顔面がインサートされているし、十四松王子は股間のみの存在に、一松王子は『ダークネスローズ』という意味不明のセリフが聞こえるものの、画面からその姿が消えていた。

「これってバグ？　でも……」

徐々に増殖していく王子たち。止まらない愛のささやき。
トト子は、幸せで胸がいっぱいになるのを感じた。そして、そのいっぱいの幸せは鼻血となって勢いよく外に溢れ出し――……。

「**ありがとうございま――す!!**」

絶叫とともに、トト子は幸せの国へと旅立ったのであった。

トド松
新人ホテルマン

おそ松
先輩のベルボーイ

カラ松
大物俳優

チョロ松
大物俳優のマネージャー

一松
宿泊客で小説家

十四松
先輩のコンシェルジュ

デカパン
支配人

イヤミ
宿泊客

都心の一等地に建つ、超一流ホテル〝マッツ・カールトン〟。

有名建築家が手掛けたヨーロピアンモダンなデザイン、都会の夜景がひとりじめできるパノラマビュー、一流シェフによる絶品フレンチ……すべてが最高級の六つ星ホテルだ。

宿泊施設のほかにも、カジノやプール、ショッピングモールなどがあり、都会の一大リゾートとして、国内外のセレブから人気を集めている。

そんな〝マッツ・カールトン〟――の隣にある、そこそこのホテル〝MAPAホテル〟では、早朝から元気な声が響いていた。

「今日からこのホテルで働くことになりました、松野トド松です！　よろしくお願いいたします！」

この春、旅行関係の専門学校を卒業したトド松は、今日からこのMAPAホテルで、ホテルマンとして働くことになった。

トド松にとって、ホテルマンになることは幼い頃からの夢だった。ちゃんとしなきゃと思う気持ちとは裏腹に、制服を着た自分がエントランスのガラスに映るたび、思わず笑みがこぼれてしまう。

本当は隣のマッツ・カールトンに就職したかったのだが、そこはやはり人気ホテル。履歴書だけで落とされた。その後も、希望した有名ホテルはすべて不合格。意気消沈していたところに、MAPAだけが合格通知をくれたのだ。

(正直、聞いたことないホテルだったけど、制服は可愛いかな)

赤と青を基調としたベルボーイの制服は、おもちゃの兵隊さんのようで、よく可愛いと言われる自分にはとても似合っている。

エントランスのガラスの前で、くるりと1回転――したところで、

「いてっ!」

頭に軽い衝撃。振り返ると、バインダーを持った先輩ホテルマン・おそ松が呆れた顔で立っていた。

「なーにやってんだ。ナルシストかよ」

ガラスに映った自分に見とれているのを見られたのだと気づき、トド松は恥ずかしさに首をすくめた。

「す、すみません！　つい、嬉しくて……」

「お客様がいなかったからいいけどな」

おそ松は苦笑いしながら、トド松をたたいたであろうバインダーを開いて目を通す。その真剣な横顔を、トド松は憧れの眼差しで見つめた。

（頼れる先輩って感じでカッコイイなぁ。いつかはボクもあんなふうに……）

目を通し終わったのか、おそ松は「よし、第3レースは4―3の大穴狙いだな」とつぶやいて、バインダーを閉じた。

「第3レース……ってなに、競馬？　そのバインダーの中身って」

「よーし、トド松！」

おそ松は、あからさまに話を変えた。

「お前にはまず、ベルボーイの仕事を覚えてもらう」

ベルボーイとは、チェックインしたお客様を、フロントから客室まで案内するスタッフのこと。ホテルの案内役でもあるため、施設を隅々まで把握していることが絶対条件だ。

おそ松のバインダーの中身が気になって仕方ないトド松だが、初めて仕事ができると思うと胸が躍る。

「部屋の配置は覚えてきたか？」

「はい！　昨日までに、全部頭にたたきこんできました！」

「いいねぇ、そのやる気！　とりあえず俺が手本を見せる。ついてこい」

フロントでは、ひとりの出っ歯な客がチェックインし終えたところであった。

おそ松は、フロントからルームキーを受け取ると、爽やかな笑顔で出っ歯に手を差し伸べる。

「イヤミさま。お部屋までお荷物お運びします」

「ありがとざんす」

出っ歯が手持ちの小さなボストンバッグを、おそ松に手渡した。その瞬間——

「ぐおおおおおアアアア!!」

おそ松が、荷物ごと床に倒れ込み、断末魔の叫びを上げた。

「なっ、一体どうしたざんすッ!?」

「おそ松先輩っ!?」

ロビーは騒然となり、ほかの客も何事かと集まってくる。その中心でおそ松は、荷物を受け取った右手を左手で支え、苦しげにうめいていた。

「先輩！　どうしました!?」

「お、おれた……」

「え？」

「荷物が、重すぎて……腕が……折れた」

「えええええええ!?」

「シェ――――ッ!?」

トド松は驚いた。イヤミも驚いた。ぶっちゃけ、ふたりはドン引きしていた。

「いやいやいや、さっきまでイヤミさま普通に持ってたじゃないすか」

脂汗を流して苦しむおそ松の手から、トド松がバッグを取ろうとすると……。

——ドスッ！

「!!」

これまで床で苦しんでいたおそ松の手から、レーザービームのごとくイヤミのカバンが飛んできて、トド松の腹に見事なボディを決めた。

「フグゥ……ッ！」

トド松があまりの衝撃にひざまずいたのとは逆に、おそ松は跳ねるように飛び起きる。

そして——

「ウッソピョ〜〜〜ン☆」

折れているはずの右手を、前後左右上下に楽し気に振り回し始めた。

「……は？　なに？」

トド松は腹の痛みと怒りから、不機嫌まるだしの表情でおそ松を見た。イヤミをはじめ、周りの客たちも、何が起きたのかわからないようで、ただ静かにおそ松を見つめている。

そんな中、ひとり笑顔のおそ松は、ホストクラブのような謎のコールで、客をあおりだした。

「んじゃいくよー！　♪MAPAパーパパパ、MAPAパーパパパ、MAPAパーパパパ……MAPA！」

「って何やってんすか、アンタァァァァ!?」

トド松が叫ぶのも無理はない。なんとおそ松は、リズムに合わせてどんどん服を脱ぎだしたのだ。

「♪MAPAパーパパパ、MAPAパーパパパ……」

「ちょ、先輩！　マジでやばいですよ！　って、あぁぁぁ!!」

謎のコールは続く。おそ松の脱衣も続く。

（みんな、かわいそうなヤツみたいな目で見てるじゃん！　先輩、完全にスベっちゃってるよ〜〜〜！）

トド松は、すでにパンツ一丁で危機一髪の先輩を見せまいと、おそ松を囲むように半泣きでカバディしてまわった。

しかし――

「♪MAPAパーパパパ、MAPAパーパパパ……ざんす！」

イヤミもコールし始めた。

「なんでお前も――!?」

イヤミだけではない。さっきまで無表情だった客たちもみんな笑顔で、おそ松のコールに乗っかっている。

「「「♪MAPAパーパパパ、MAPAパーパパパ、MAPAパーパパパ…MAPA！」」」

「え、ウソでしょ？ みんなマジで？ マジでやってんの!?」

ロビーはMAPAの大合唱。はっきりいってカオスである。

そして、トド松が恐れていた瞬間がやってきた。

最後の「MAPA」コール。客たちの興奮が最高潮に達したその刹那、おそ松の白いブリーフが天高く宙を舞った――――。

「うぇぇぇぇぇぇぇ〰〰〰〰〰〰〰〰〰〰〰〰〰〰‼」

トド松は見た。完全なる裸……マッパになったおそ松の姿を。

その場にいる、ほとんどの人に写真を撮られながらも、おそ松は平然と歩いてきた。

「どうよ?」

「いや、どうよって言われましても……」

ドヤるおそ松に、ゴミを見るような目で冷静に返すトド松。

「いいか新人、よーく覚えとけ。いまのがMAPAホテル名物おもてなし奥義のひとつ〝**ウェルカムMAPA**〟だ」

「ウェルカムＭＡＰＡ！　とはッ！」

秒でツッコミながらも、トド松はしっかりとその目でとらえていた。客たちがみな笑顔で、楽しそうにしているのを。

（どんな方法であれ、お客様を笑顔にするのがホテルマンの仕事……か）

ロビーの片隅で、次の脱衣に備えてコソコソと制服を着るおそ松を、トド松はそっと見やった。

「まぁ……でも、ボクはあんなことできないけどね」

最低なとこに来ちゃったな～と、思いながら、トド松は近くの客の荷物を普通にお部屋まで運ぶのだった。

「１０２７……ここだな」
ルームサービスを頼まれたトド松は、長期滞在している小説家・一松の部屋へとやって

きた。

(小説家の先生かぁ。おそ松先輩からも、めんどくさい人だって聞いてるし。急に怒られたりしたらマジでヤなんですけど)

はっきり言ってメンタル最弱のトド松は、内心ビビリながらもチャイムを鳴らす。

ピンポン♪　―――シーン。
ピンポン♪　―――シーン。

2回鳴らしたが、反応はない。

おそ松から「一松先生の部屋には勝手に入っていいぞ」と、ルームキーを渡されていたものの、さすがに気が引けてチャイムを鳴らしてみたのだが。

(これはやっぱり、勝手に入ってこいってことかな?)

預かっていたルームキーで開錠し、ドアをそっと開く。

「しつれいしまーす……」

室内の様子をうかがいながら、トド松はおそるおそる中に入った。ドアから直線上に見える、窓のカーテンが揺れている。

(あれ？　基本、部屋の窓は開かないはずじゃ……)

イヤな予感がして足早に奥へと進むと、無理やり開けられた窓から、身を乗り出している男の姿があった。

「ちょちょちょッ！　お客さま、何してるんですか！」

「スランプになった……死のう」

ボソリと落とされた一松のつぶやきに、トド松は一気に青ざめる。距離を保ったまま、叫ぶように声をかけた。

「やめて！　マジでバカなことはやめてください一松先生！」

すると、一松の動きが一瞬止まった。

「……やめてほしい？」

「もちろんです！　そんなバカなことはやめてください！」

一松は、窓枠にまたがったまま、感情が見えない半開きの目でトド松をじっと見つめた。

トド松も強く、願いをこめてその瞳を見つめ返す。

先に視線をそらしたのは、一松だった。

「じゃあやめる……」

窓枠から降りた一松に、トド松はホッと胸をなでおろす。しかし、

（ボクがもうちょっと来るのが遅かったら……？）

最悪の想像に、トド松は恐怖でぶるりと体を震わせた。


お客様の気持ちに寄り添うことこそサービスの基本。ソファの上でヒザを抱える一松に、トド松は優しく声をかけた。

「一松先生、ボクで良ろしければ少し話をしてみませんか？　こんな若造じゃ、なんの役にも立たないかもしれませんが……」

「なんの役にも立たないホテルマンがきた……死のう」

「わー！　待って待って待って!!」

窓へと再び向かおうとする一松の前に回り込み、トド松はその体を押しとどめた。

「役に立つウゥウゥウゥ！　ぜったい役に立つボク、トド松！」

ハァハァと息も荒く、必死の形相のトド松に対して、やはり一松の感情は見えないままだ。それでも、一松はおとなしくソファに戻った。

「そんな簡単に死のうとしないでください！　ね、なんか楽しいこと考えませんか？」

「楽しいこと？」

「はい、好きなものとかございませんか？」

「好きなもの……」

一松はしばらく考えてから、ポツリとひとこと「ネコ」と答えた。

初めて一松の人間らしさに触れた気がして、トド松は自然と笑顔になる。

「ネコ！　可愛いですよね～、ボクも大好きです。ちなみに、どんなネコがお好きなんですか？」

「どんなって……ネコならなんでも。ふだんはツンツンしてるのに、たまになついてくるのがいい……」

「ツンデレですよね！　わかります～。たまりませんよね♡」

「……やってよ」

「え？」

「ツンデレなネコ、やってよ」

「…………」

なんだコイツ、とトド松は思った。さっきまで死ぬだのなんだの言ってたヤツが何言ってんだと。

ホスピタリティも忘れて、トド松は一松をにらみつけ——そして、気づいた。相変わらず目は死んでいるが、一松の口元にうっすらと笑みが浮かんでいるのを。

「役に立つホテルマンなんでしょ？　おれが大好きなネコのマネをして、おれに生きる楽しみってヤツを味わわせてよ……」

(ま、まさか最初から……!?)

死ぬだのなんだのは、自分のゲームの盤上に獲物を引きずり込むための作戦。そしてトド松は、まんまとその罠にはまってしまった獲物というわけだ。

一松は傷心の客などではない。残酷なゲームの支配者なのだ。

（マジでめんどくせぇぇぇぇ〜〜〜〜〜〜〜〜〜〜〜〜!!）

トド松は、おそ松からルームキーとともに預かった〝めんどくさくなったら押すボタン〟を押した。すると……

ボンッ！　ビュ〜〜〜〜〜〜ン！

目の前のソファが、一松ごと窓から飛んでいった。

「これが噂のおもてなし〝**ウェルカムスカイダイビング**〟か」

ウェルカムっていうか１００％グッバイじゃん……と思いつつ、星になった一松を見送るトド松であった。

◇　◆　◇

午後になると、急にスタッフの動きが慌ただしくなった。

ウェルカムMAPA以降、バインダーで隠す努力も放棄して、競馬新聞を読んでいたおそ松ですら、あっちへ行ったりこっちへ行ったりと忙しくしている。

「先輩、何かあったんですか？　みんなバタバタしてますけど……」

「あぁ、大物俳優がうちに泊まることになったんだよ」

「え、大物俳優!?　だれです？」

ミーハーなトド松は、大物と聞いて色めきたった。だが、おそ松も名前は聞いていないという。どうやら、隣のマッツ・カールトンが満室だったせいで、うちに宿泊することになったそうだ。

「ドラマのロケらしいからな。スタッフも宿泊するし、うちとしてはウハウハだ」

「なるほど。上客ですね！」

「めんどくさいけど、金のために最高のおもてなしでお迎えするぞ」

「ハイ！」


――と、気合十分で挑んだのもつかの間。

トド松とおそ松、そして支配人のデカパンは、最高級のスイートルームで冷や汗をかいていた。

「うちのは大物ですからね。普通のバスローブではだめです。金にしてください」

「無理ダス〰〰」

「金ぱくでもなんでも貼ればいいでしょうが！」

大物俳優のマネージャーであるチョロ松のリクエストが、無理難題すぎるのだ。

お客様の――特に、たくさんの金を落とす上客のリクエストには、可能な限り応えるのがホテルとしての使命だが……。

「とはいえ、今からですと取り寄せやらなんやらで時間もかかるダス……」

「あーあー！　ＭＡＰＡレベルのホテルじゃ、さすがに大物には対応できないか。残念だけど他のホテルにすっかなァァ〜〜〜!?」

「トド松くん!」

「ハッ!」

トド松は、急いで折り紙の金色をバスローブに貼りつける作業にかかった。

「あとね、うちのは大物だから。スポットライトね!　ここ!　このベッドをステージに見立てて、バーン!　と」

「おそ松くん!」

「ハハッ!」

おそ松はベッドの上に、色セロファンを貼った懐中電灯を何本も吊るしていく。

「あぁ、ディナーは和食にしてください。うちの大物は刺身、特に舟盛が大好物なんで。舟はタイタニッククラスの大きさでよろしく」

「トド松くん!」

「ディカプリオッ!」

「そういえば、うちの大物にはウェルカム……」

「〝ウェルカムMAPA〟をご用意しております！」

言うが早いか、おそ松は素早くマッパになった。が、

「あ、そういうのいいんで」

チョロ松に素で却下され、部屋の片隅でおとなしく制服を着直した。

「ウェルカムリオのカーニバルくらいは用意してもらえると。なんといっても、ほら、うちのは大物だから」

「手配するダス」

力強く請け負ったデカパンは、すでにリオのカーニバルの衣装に身を包んでいる。


こうして、要望通りになっていく部屋を満足げに見渡していたチョロ松だったが、ここへきて、何かを思い出したようにポンと手を打った。

「あ、大事なこと忘れてた」

「まだあんの!?」

思わずツッコんでしまったトド松だが、次の瞬間――

ズクシュ!!

「って痛ってぇぇ!!　誰だよボケクソカス!!」

トド松の尻に、デカパンの二本指がツッコまれていた。そう、カンチョーである。

涙目でデカパンを見れば、カンチョーしたスタイルのまま、渋い表情で静かに首を振っている。「何も言うな」ということらしい。

「最初にこの部屋に入って思ったんですが、うちのはご存じの通り相当な大物なんですよ。このスイートじゃ狭すぎる！　壁をぶち抜いて、ワンフロア全てつなげてください」

「！」

さすがのデカパンも絶句である。

「マネージャーさん、それはさすがに……」

ピ、ポ、パ――――「あ、○○ホテルさんですか？　うちの大物なんですけど……」

「おそ松く――んっ!!」

「御意！」

――ドゴォーーン!!

デカパンの悲鳴にも近い叫びに応え、おそ松は小脇に抱えていたバズーカで、左右の壁をふっとばした。

パラパラと、コンクリートが崩れる音と、チョロ松の拍手だけが響く中、MAPAのホテルマン3人は完全に沈黙していた。ぶっちゃけ、やっちまった感がハンパない。だがそれもホテルの繁栄のため……そう思って、気持ちを切り替えようとした、そのとき。

「Oh、ナイスルームだ……」

宝石がちりばめられたギランギランのダイヤモンドスーツ、背中にはワッサワッサと揺れる孔雀のような羽、足元は500億円の札束で作ったブーツでキメた男が入口に立っていた。片手でドアにもたれ、もう片方の手でかけていた黄金のサングラスを外す。

「どうも。大物俳優のカラ松です」

デカパン、おそ松、トド松は顔を見合わせると、一度大きく頷いた。そして、

「いや、知らないですし」


おそ松のバズーカが、カラ松めがけて再び火を噴いた。

「カラ松さ――――ん!!」

チョロ松の叫びが、カラ松の消えた空にむなしく響く。

そんなチョロ松を見ながら、デカパンが吐き捨てるように言った。

「フン……塩まいておくダス」

人が変わって、まるで悪人のようなうすら笑いを浮かべるデカパンに、トド松は（あ、これ敵にしたらダメな人種だ）と悟った。

「塩はいります――!!」

トド松は、塩をまいてまいて、まき続けたのだった。

「お疲れっしたー」

真夜中のスタッフルーム。

疲れきってテーブルにつっぷすトド松のほほに、ひんやりしたものが触れる。

「おそ松先輩……？」

「なんだよ、初日からそんなんじゃやってけないぞ」

差し出された缶コーヒーにお礼を言って受け取ると、プシュっとプルタブを開けた。

「ボク、ホテルマンになるのが夢だったんです」

おそ松はコーヒーを飲みながら、トド松の言葉に静かに耳をかたむけている。

「子供のころに泊まったホテルで、宝物を排水溝に流しちゃったんですけど、ホテルの人が必死に探してくれて……」

　まさか見つかるなんて思わなかったから、飛び上がって喜んだっけ。トド松は、なつかしさに目を細めた。

「ホテルマンってすごいなぁ、お客様のヒーローだなぁって。それで、いつかボクも最高のホテルマンになろうって決めたんです」

「今日のお前、けっこう最高のおもてなししてたと思うけど？」

「そんな、ボクなんてまだまだですよ。ウェルカムＭＡＰＡだってできないし、一松先生は外に放り投げちゃうし、カラ松さんは撃っちゃうし……まぁ、どっちも先輩のせいでしたけど。はぁ……こんなんで立派なホテルマンになれるのかなぁ……」

　大きくため息をひとつ。そんなトド松を横目に、おそ松は飲み終わったコーヒーの缶をゴミ箱へと投げ捨てた。

「お前の考える立派なホテルマン、ってなに？」

「先輩、缶入ってないです」

おそ松は華麗にスルーした。

「お前の考える立派なホテルマン、ってなに？」

どうやら続けるらしい。

「立派なホテルマン……そうですね、常にお客様のために動ける、コンシェルジュの十四松さんみたいな人ですかね」

コンシェルジュとは、お客様のあらゆるリクエストに応えるスタッフのこと。レストランや観劇の予約、乗り物の手配まで全てをこなす。あらゆる対応を迫られるので、経験を積んだ者しかなれない、ホテルマン憧れのポジションなのだ。

MAPAのコンシェルジュである十四松は、日々、コンシェルジュカウンターに座り、テキパキと仕事をこなしている。

「十四松さんか」

「はい！　ボクもいつか十四松さんみたいになりたいです！」

「たしかに。十四松さんは立派なコンシェルジュだな、うん」

「ですよね！　あ――、憧れちゃうな〜〜〜」

「でもあの人、下半身マッパだぞ」

「変態しかいない!」

トド松は翌日、退職願を出した。

6つ子と
セミ

夏――それは、セミが命を燃やす季節。

一生のほとんどを暗い土の中で過ごし、地上に出た瞬間から、命のカウントダウンが始まってしまう。その貴重な短い時間に、彼らは限られた生命の灯を極限まで燃やして輝くのだ。

これは、そんなセミたちに魅入られたり魅入られなかったり、また、人生をまどわされたりまどわされなかったりした男たちの物語である。

【月曜日　ｗｉｔｈカラ松】

おっ……と！　オレのビバリーヒルズの住まいならともかく、日本の実家にまで押しかけるってのはどういう了見だ、記者ガール。フッ……まぁいい。今日のオレは機嫌がいい。インタビューなら手短に頼むぜ。

なぜならオレは、ロック！　ロッカー！　ロッケスト！　世界で最高に売れてるロックミュージシャンだからな。スケジュールは秒刻みなのさ。そんなオレの時間を、多少とはいえ奪うんだ。それなりの覚悟はできてるんだろうな？　今夜お前に、オレのすごさをじっくり教えてやろうじゃないか。オレのソウルに奏でられて、お前のボディがどんなふうに鳴くのか楽しみだ……って、オイオイ！　ただのカラ松ジョークさ！　ハハハッ！

顔を真っ赤にして震えて……かわいいな、子猫ちゃん。

そんなこんなで、そろそろ会場だ。え、なんの会場かって……？　〝**カラ松ワールドツアー2018ロッケンインザジャンパー**〟の会場に決まってるじゃないか。

公園に見える……なるほど。そういう見方もあるな。だが、これだけは言っておいてやる。オレはカラ松。オレがひとたび足を踏み入れただけで、ただの公園もラスベガスのスタジアムに変えてしまう男だ！　――アンダスタン？

そういや今日は、最高のゲストを呼んであるんだ。

オレとセッションできるミュージシャンってのは、世界広しといえどそう多くはない。オレのシャウトと、セクシーなギターに負けちまうからさ。その点、今回のやつらは最高だ。クレイジーでとにかくパワフル。似た者同士ってやつだな。最高にクレイジーなオレと、最高にクレイジーなあいつらが一緒にやったらどうなると思う？

ミックスアップ——ボクシングの試合であるだろう？　実力の均衡した者同士の試合中、集中力が極限に高まった結果、お互いの実力以上のものを引き出して加速度的に成長していくことが……まさにあいつらとのセッションはその〝ミックスアップ〟なのさ。

オレのシャウトが大地を揺るがし、あいつらのシャウトが空気を切り裂く——まさに地球とオレたちのコール&レスポンス！　そんな体験、なかなかできないだろう？

——っと、なんやかんやでもう公園か。なんだよ、もう先に来てるじゃねぇか。

「ミーンミーンミーンミーン」

記者ガール、やつらはセミ・ザ・ビッグバンド。夏になるとここでソウルフルなライブをやってるんだ。

姿が見えない？　いるだろ、そこらへんの木に。あいつら意外とシャイボーイだからな。樹木と一体化してることが多いのさ。やつらの姿をパパラッチしたいなら、夜中に来て木にハチミツをぬっておくといい。そう、まさにハニートラップ。

「オーシックツクオーシ」

「ハハハッ、怒るなよ。カラ松ジョークさ」

「ミーンミーンミーン」

「ジジジジーワジーワ」

「お、新入りだな。おや？　お前、アブラ・ゼミィの息子か。どうりで……まったく、プレイスタイルまでダディに似てやがる」

「ジーワジーワ」

「ゼミィはいいやつだったよ。そうだな、オレが荒れてたときに叱ってくれたのもあいつだった。ちょうど1年前か――パチンコですっからかんになったオレは、この公園のベンチで寝ていたんだ。灼熱のザ・サンに焼かれて死ぬならそれもいいってね。そんなときさ。ゼミィがベンチの足にとまってライブを始めたんだ。耳をつんざくような猛烈なシャウトに、オレの目はギンギンになり……結局死に損ねた」

「ジジジジーワジーワ」

「まぁそのおかげで、オレはこうしてミュージシャンとして成功したわけだ。親父さんには感謝してるよ」

「ミーンミーンミーン」

「ジジジジーワジーワ」

「カナカナカナ」

「ちょ待てよ！　まだオンタイムじゃないぜ？」

「オーシックツクオーシ」

「オーケイ、オーケイ！　そうだな…オレもこの衝動をおさえきれない。すぐにでも、ここじゃないどこかへいっちまいそうだ」

「ミーンミーンミーン」

「じゃあ全世界の度肝を抜きにいこうか——いくぜ、カラ松ワールドツアー２０１８ロッケンインザジャンパーの開幕だっ‼」

♪ミッドナイトロンリネスボーイ♪

作詞作曲／マツノカラマツ

真夜中駆け抜けるエキセントリックロードバイクはタンデム
「ミーンミーンミーン」
風になびいたジャンパーが顔をぶって痛いから脱いでってお前は言った
「ジジジジーワジーワ」
オレにジャンパーを脱げって
「オーシックツクオーシックツク」
誘ってるのかい？　ジェラシーなのかい？
「カナカナカナ」
どっちにしろオレはジャンパーを脱がない
「ジジジジーワジーワ」
どうしたって脱がない

「シャンシャンシャン」
ぜったい脱がない
「ジジジジジ」
このジャンパーはオレの愛そのもの
「ミーンミーンミーン」
いつかお前を包む愛のジャンパー
「ジジジジーワジーワ」
その愛を疑うなんてお前はなんてバ
ッドガール
「オーシツクツクオーシツクツク」
さっきから洗濯表示をながめてるね
「カナカナカナ」
その頬を伝う涙
「ジジジジーワジーワ」

気づいたんだね
「ミーンミーンミーン」
ドライクリーニングの後ろ「ジジジジジ」てる
「オーシツクツクオーシツクツク」
ラブフォーエバーの「シャンシャンシャン」
ファベット
「ジジジジーワジーワ」
さぁ「ツクツクオーシ」しようか
「ミーンミーンミーン」
オレは「カナカナカナ」ミッ「ミーンミーン
ミーン」
ナ「オーシツクツクオーシツクツク」「ジジ
ジジーワジーワ」
「ミーンミーンミーン」「ジジジジジ」「ツク

ツクオーシ」ーイ…

「おそ松兄さん？」

囲碁クラブの帰り、公園の前を通り過ぎようとしてトド松は、公園の入り口から隠れるように中をのぞきこむ、不審者まるだしのおそ松を見つけた。

「何してんの？」

後ろから声をかけると、おそ松は驚いたように振り返り、それがトド松だとわかるとニヤリと笑った。

「あれ、ちょっと見てみろよ。砂場のすべり台んとこ！」

「……カラ松兄さんじゃん。このクソ暑いのに、公園でギター持って何やってんの？ 痛いよね～。安定の痛さだよね～」

「あいつ、ギター片手にふらっと家から出てってさ。なんかずっと道中ブツブツひとりごと言ってんの！　で、公園着いたら歌いだした」

「この暑さで、いつも以上に頭おかしくなっちゃったのかな。てことは曲の方も、いつも以上にやばかったんじゃない？」

「セミの声でなんも聞こえなかった」

「そっか。てか、おそ松兄さんはそれずっと見てたわけ？」

「うん」

「ヒマだね」

「うん」


こうして、セミとカラ松の、ひと夏のセッションは終わった。

【火曜日　withトド松】

「あれ～？　そのネックレス初めてだよね？　買ったの？　超可愛いじゃん！　ちょっと待って、当てる当てる。あそこでしょ？　え、違う？　ペファニーの旗艦店限定のやつ！　じゃあさ、ニセタンデパートで……じゃない。え～うそうそ。だって、そんなオシャレなの、そこらへんに売ってるわけないじゃん！

――――え？　セミ？　セミがとまってるだけ……？　あ……そう。それ、やっぱりセミなんだ……。うん、なんか、合わせてたけどそうかもしれないって思ってた。うん……うん……そうだよね、なんかどう見てもセミだよね。――ねぇ、そのセミ取ってあげようか？　大丈夫だよ～～～。だってボク、こう見えても男の子だよ♡」

【水曜日　withチョロ松】

古い雑居ビルのエレベーターが開くと、そこにヤツはいた。
褐色の肌に、ブラックホールのような闇を思わせる黒く丸い瞳、割れた腹はマッチョというにはあまりに細かくおぞましい。
硬質のボディと薄茶色の透明な羽が、それの正体をチョロ松に教えていた。

「……セミ」

セミといえば、生きてるか死んでるかわからない、でおなじみだ。
死んだセミの横を通り過ぎようとして、セミのとつぜんの復活に心臓が飛び出る思いをした人も多いことだろう
かくいうチョロ松もそのひとりだった。

（5秒前から微動だにしていないが、油断はできない。まだ〝死んだふり〟の可能性は捨てきれないからな……よし。見送りだ！）


ティン、という軽快な音を立ててエレベーターは閉まり、上階へと上がっていった。

チョロ松は腕時計をそっと確認する。時間にはまだ余裕があった。

上へのボタンを再度押して、数歩下がるとまたエレベーターを待つ。位置表示によると4階で一度停まり、そして5階、6階と停まり、最上階の8階へと上がっていった。

（4階から6階まで各駅停車か。要は箱に乗りこんだ人間がいるということ。もちろん僕同様に、セミへの嫌悪感から乗車を見送っている可能性もゼロではないが、3階分の乗客がすべて見送ったとは考えにくい。ひとりは確実に、セミと相部屋しているということだ）

「ヤツが動くとすれば、そのとき……」

もし、ヤツが死んだふりをしていたのであれば、人間の気配に気づいて動き出し、箱の

外へ脱出しているであろうとチョロ松は考えた。
そして、その考えが正しいかどうか、審判のときは近づいていた。エレベーターが降りてきたのだ。5階……3階……2階……

——ティン！

エレベーターの扉が開き、ふたりの男が無表情で下りてくる。その様子から勝利を確信したチョロ松は、箱の中へと足を踏み出して……凍り付いた。

「まだいる〜〜〜〜〜〜〜〜〜〜〜〜〜⁉」

真ん中でひっくり返ったまんまって、こいつ完全に初期位置のままだよね。え、何これ
僕タイムスリップでもした？　いやいや、おっさんとデブ出てきたし。デブの歩く振動に
も、おっさんの加齢臭にも無反応だったってこと？　え、つまりこいつは……

「死んでる？」

ピクリともしない状態から、脇をすり抜けようとした瞬間「ジジジ」と羽をふるわせ再
起動するあいつが、デブとおっさんを前に何もできなかったとでもいうのか……すなわち
それ個体としての〝死〟。

「……行こう」
覚悟を決めて唾を飲みこむと、チョロ松は右足をそろりと前へ踏み出した。が、その瞬
間――

「ジ」

――ビクゥッ！

右足のつまさきに力をこめ、チョロ松はバックステップで後方に飛び退いた。その額から、ツゥ……とひとすじ汗が流れる。

（ま、まさか動いた……だと？）

驚きに凝視するも、セミは先ほどから動いていないように見えた。

（幻聴……？　いや、たしかに「ジ」という羽音が聞こえた。エレベーターの駆動音という可能性もある……いや、この僕がヤツの羽音を聞き間違うわけがない）

「…………見送りだ」

――ティン！

地獄のゴンドラの扉は閉ざされ、彼方へと上っていった。

石橋を叩いて渡るのが僕の信条。もし……もし、もし、もーしっ！　ヤツが生きていた場合、密閉空間で飛び回るヤツと20秒間は共生せねばならない。しかも最悪なことに、あの密閉空間はヤツを錯乱させるには十分すぎる。自由に飛べないことから恐慌状態に陥りバーサーカーと化したヤツが、猛スピードであっち飛びこっち飛び、まさにスカッシュ状態となるであろうことは想像に難くない。スカッシュゼミが、いつ自分を的にするかもしれない恐怖に20秒も耐えろというのか。いーや無理。ぜったい無理！　死んでも無理！

エレベーターは5階で折り返したようだった。途中4階、3階と停まり、そして……

「まだいるのかよ！」

到着したエレベーターからは、またもおっさんが排出されたが、ヤツは居残っている。

（まだ初期位置だよ！　なんなのもう、ひょっとしてセミじゃなくてオブジェなんじゃない？　つかおっさんもなんで足でチョンチョンやるとかして、生きてるか死んでるか確かめないの？　たしかめてよ！　僕の代わりに！　お願いだから!!）

「もう一発スルーするか。いやでも……」

チョロ松は腕時計に目を走らせる。そろそろ会場入りしないと、にゃーちゃんのCDお渡し会整理券配布が終了してしまう。まぁ、整理券を配り終わるまでに行けばいいか、なと思ったのが失敗だった。こんなところにこんなトラップが待ちかまえているとは！

（やっぱりアイツ、死んでるんじゃないか……？）

心臓の音がやけに大きく聞こえる。チョロ松は自然と震えてしまう腕を、もう片方の腕でぐっとおさえた。たかがセミだ。にゃーちゃんに会えない絶望と、セミに襲われる恐怖を天秤にかけ、チョロ松は絶望を回避することにした。

最初のデブとおっさんにも気付かなかった鈍いヤツだ。セミの戦士としては、おそらく最下層のクラス。なるべく気付かれないよう、そうっと行けばやりすごせるはず。

（気配ごと絶つ！　細胞レベルで気配を薄めさせた僕はただの空気に等しい！）

壁にそって、ゆっくりと体をすべりこませていく。息をつめ、少しの音さえ立てないよう最小限の動きで内部に進入する。しかし、もしもセミがミリ単位でも動いたときに備え、いつでも飛び出せるよう筋肉は休ませない。

——究極の集中力。

この瞬間、チョロ松の動きは世界最高峰の達人のそれであった。

しかし、ここでもトラップが発動する。

「すんませ〰〰ん」

「ジジジ」

「ドゥッワッチ!!」

チョロ松は、扉の外へとコンマ0秒でダイビングジャンプした。

――――ティン！

閉まる扉。床に伏せたチョロ松は、ドドドドドドとうるさいほどの自分の心臓の音とともに、背中で扉の開閉音を聞いていた。


「あ、あぶなかった……！」


よくわからん駆け込み乗車の男に殺されるところだったァァァ！　いやはやとんでもない伏兵がいたもんだ。虫も殺さぬような顔をしてしれっと悪魔を復活させ、この僕を殺害しようとするとはァァ!!

「その罪、万死に値する……ッ!!」

だが男は失敗した。今頃、己が解放した悪魔にスカッシュの刑を執行されているに違いない。

「ふふふ……」

チョロ松は、かみ殺そうとしてできなかった笑いをこぼす。

「その身の破滅をもって、己が罪を償うがいい！　ハーッハッハッ」——チクッ。

「ハ……ハ、ん……？」

尻にチクリとした違和感。ダイビングした衝撃でパンツごと脱げたジャージ。真っ白い双丘の上には——振り向けばヤツがいた。

「ジジジジジ」

「……」

「ジジジ」

「……」

チョロ松はセミに敗北した。

【木曜日　with一松】

漆黒の闇が支配する森の中。

一筋の月明かりが照らすその場所に浮かび上がる文様——叢を這う獣のような、それでいて不思議と文字だとわかるその図像を地に描くのは、漆黒の闇に溶け込む烏羽色のマントをはおった男だ。

手に持った杖をズズと引きずるように描き、半時も経たないうちに、男を囲むようにしてそれは完成した。


「魔法陣……展開」


男のつぶやきに合わせて、文様のひとつひとつところから、まるで血が巡るように光り出す。

その光を全身に浴びる男の唇からは、低く、獣のような、それでいて厳かな声が数珠つな

ぎでこぼれ出ていった。

「永久の回廊に扉を立てし者
火、水、緑、風
その槍は亡者を貫き　その鎧で愚者を弾く
我……その血を以て無限の檻より召還す」

――ドゴォオオオン!!
轟音とともに、陣の中央を目もくらむほどの光の柱が天から地へと貫いた。

マントの男――一松は、顔を深く覆っていたフードを取り去る。己の偉業をその目でしかと確認するためだ。

光の柱は徐々に光彩を落とし、淡い月の光のようなものへと変わってゆく。

「待っていたぞ……常闇より来たりし、真の暗黒邪神猫――――って」

「ミーンミーンミーン」

陣の中央から姿を現したソレを見つけ、普段は半分閉じているような一松の目が大きく開いた。

「セミだとおおおお!?　かっこいい猫を呼び出すつもりが、セミ召還しちまったぁぁ!!」

「ミーンミーンミーン」

「……とりあえず捕まえるか」

一松は、夜通しセミ捕りをして遊んだ。

【金曜日　with十四松】

終電近い電車は、満員じゃないけど座れない、そんな混み具合だった。

「あ～、今日も疲れたなぁ～」

都内の企業に勤めるOLの由美子は、なんとか車両の中程で席を確保して、その疲れた体をゆったりと預けた。

そんなときだ。車両の端から「きゃっ！」という声が聞こえたのは。

何事かと見てみれば、セミが狭い車内を激しく飛び回っている。予測不能の動きで乗客に飛びかかるセミに、皆ビクつき、身をすくめたり、振り払うような仕草で避けるなど、ちょっとした騒ぎになっていた。

かくいう由美子もセミは苦手である。

(さっきの駅で迷い込んじゃったのかな？　お願いだからこっちこないでよ～！)

隣の車両に移ればいいのだが、あと20分は電車に乗っていなければならない身だ。ぶっちゃけ座っていたい。

由美子は横目でセミの動きを確認しつつ、いつセミがきても己の身を守れるよう、ショルダーバッグをしっかりと胸に抱えた。

しかし――――あぁ、無情。

セミはトリッキーなジグザグ飛行を繰り返し、由美子の元に近づいているではないか！

（やだやだ、こっち来ないでよ〰〰〰！）

とっさに頭を低くし、セミを回避しようとした瞬間――――


「ミンミンゼミサイル〰〰〰！」


横から、弾丸のごときスピードで黒い物体が飛んでいったかと思うと、反対方向から飛んできたセミに正面衝突した。

「なっ！」

そのとき、由美子は見た。

口がパッカーンと開き、まるで焦点の合っていない瞳の男が「のこったのこった〜！」と言いながら、セミを自分の額にくっつけて力比べをしているのを。

（ま、まさか、セミと一戦構える気なの……？）

そして——運命のゴングは鳴らされた。

「ミーン」

セミのバックステップ！　後方へと飛び退いた。しかし十四松、素早いフットワークで距離をつめ……おっとこれはクリンチか？　セミを逃がさない！

「セミートスパゲッティ！　ゲッティ〜〜〜！」

「ミーン」

しかーし、セミのスピードが十四松のそれを上回るのか！　右の荷物棚にぶつかりながらも左後方へとスピード飛行を始めたぞ！

「速～い！　ミンミンゼーミ！　ミンミンゼーミ！」

十四松、セミを追う！　つかまえる気まんまんです！　しかしセミも負けていない。天井にぶつかって方向転換！　十四松の横をすり抜けたぁぁ！

右へ、左へ、上へ、下へ！　変幻自在のフライングスタイルだ！

「アハァ～！　ウハァ～！」

セミの動きに合わせて頭を振る十四松。さながら、壊れた扇風機のようです。完全についていけていません！

おっとここで、セミが……十四松に向かっていったぞ！　直接攻撃です！　完全に十四松の顔面を狙っている。これは危険だ～～～～！　十四松、絶体絶命～～～～！

「ボウエ！」

と思いきや～～？　避けた――――ッ!!

「ボウエ！　ボウエッ！」

十四松、見事なスウェーだ！　右、左、右、左……リズムを刻んで、最小限の動きでセミの攻撃を避けている。このリズムは……なんだか心が落ち着くような……？

こ、これは、ゆらぎ！　F分の1ゆらぎです！　車内の人間のほとんどが、ゆらぎ効果で眠ってしまったぞ〜〜〜〜〜ッ！

と、ここでセミが距離を取る。連結部分近くに立つリングサイドのおっさんにぶつか……らない！　おっさんが頭を振る、振る！　十四松は〜？　おっと動かない。静観する構えか。

「ボウエ！　ボウエッ！」

いや、挑発だ！　余ったトレーナーの袖を上下に振ってのボウェ！　これは完全なる挑発です！

「ミーン」

この挑発にセミはどう応えるか？

「……」

と、止まったぁぁぁあ！　セミ、降車ドアの真ん前で止まったぁ！　セミは動きません！　これはもう次の駅で降りるフラグ！　敵前逃亡の準備と言ってもいいでしょう！

『まもなく〇〇駅に到着します。左側のドアが開きます』――プシュゥ……。

ぎゃぎゃぎゃ逆のドアだ――――っ!!

逆のドアが開いてしまった。セミ、敵前逃亡するチャンスを失ったぁぁぁぁ！

さて、十四松これはチャンス。一気にたたみかけるか〜〜〜〜？

「あ、降りる駅だー」

な、なんということでしょ〜〜〜〜う！

ここで十四松が降車！　自らリングを降りてしまったぁぁぁぁ〜〜〜〜!!

◇◆◇

その後、終点までセミは車内を飛び回った。

【土曜日　withおそ松】

　昼前には軍資金も底をつき、とりあえず帰るしかなくなったおそ松は、だらだらとアスファルトからの照り返しがキツイ夏の道を歩いていた。

「暑い……冷えたビールを今すぐ飲みたい……」

　ジージージー、というアブラゼミの鳴き声が、おそ松の不快感を底上げする。そもそも、財布をスッカラカンにされて不機嫌指数は高まっているのだ。

「あ〜うるせぇ……ほんとセミきらい。お前らの声でよけい暑くなんだよ。つか、この地球上にセミって必要？　夏に？　鳴くだけで？　いらなくない？　絶滅でよくない？」

　ブツブツとつぶやくおそ松の前に、１匹のセミがぽとりと落ちてきた。

「あ、死んだか」

「死んでない」

「セミがしゃべった⁉」

「我が名はセミ神。すべてのセミを統べる者」

「へー」

おそ松はセミ神をいちおう踏まないように避けて、その横を通り過ぎようとした。

「ちょちょちょま！　待って！」

「んだよ、ミンミンミンミンうるせーな！　暑いからさっさと帰ってクーラーの効いた部屋に帰りたいの。わかる？」

「ちょっとだけ聞いて！」

「何を！」

「セミのこと！　お前、絶滅しろとか言ったでしょ⁉」

「言ったね！　何？　怒ってんの？　だったらすみませんでした。じゃ！」

「ちょちょちょま……待てよ！」

「だから何！」

「セミも童●です！」

　セミ神の声に、おそ松は氷りついたように動きを止めた。

「セミは10年前後土の中にいて、地上に出るでしょ。でね、交尾するわけ」

「は？　んだよ〈ピー――〉できんじゃん！　つか何、童●捨てたいだけで地上出てきてんの？」

「そんなどこぞの軽薄テニスサークルと一緒にしてんじゃねぇよ！　我らには子孫繁栄という崇高な使命があって交尾するんだよ！」

「俺らも子孫繁栄したいですけど？　その目的で生まれてきてますけど何か」

「そこ！」

　セミは高速で羽をふるわせた。

「セミのオスメスの個体数はほぼ一緒。オスが何度でも交尾できるのに対し、メスは一生に一度しか交尾をしない……つまり――交尾できないで一生を終えるオスもいる！」

「!!」

おそ松は、今度は雷に打たれたように動きを止めた。

「つまり、鳴き声のダサいオスは、お前らニートと同様にメスには相手にされず、童●セミのまま一生を終える」

「な……っ！　そ、そんな過酷な……!!」

「わかるか、このつらさが！　交尾もできず一生を終え、神になったこのオレの怒りと悲しみがわかるか！」

「絶滅しろなんて言ってすみませんでした――――!!」

パチリ――と、おそ松の目が開く。

「夢か……」

部屋の真ん中で、おそ松は、汗だくになって仰向けに寝ていた。どうやら、パチンコから帰ってきてそのまま寝てしまったようだ。しかもクーラーが切れている。

「暑ぅ……だれだよ〜消したの〜〜〜」

ブツブツ言いながら、クーラーのリモコンのスイッチを押し、おそ松はもう一度大の字に寝ころんだ。

目を閉じると、閉じた窓からもセミの声が聞こえてくる。ミーンミーンという声に耳を澄ませながら、おそ松はもう一度眠りについた。

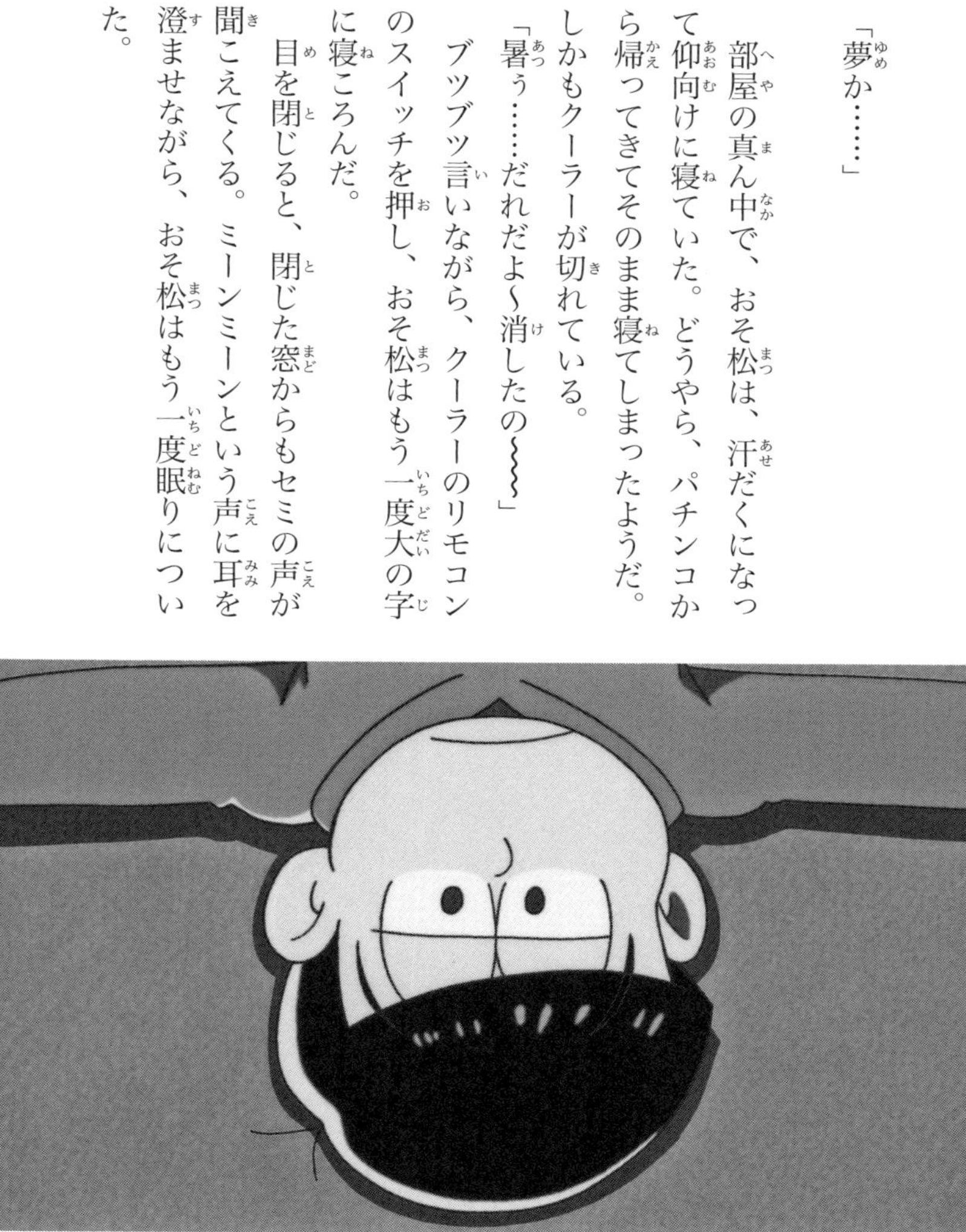

「やっぱうつせぇな」

Shogakukan Junior Bunko

★小学館ジュニア文庫★

小説　おそ松さん　6つ子とエジプトとセミ

2018年 2 月26日　初版第 1 刷発行
2020年 6 月14日　　　第 2 刷発行

著者／都築奈央
原作／赤塚不二夫（『おそ松くん』）
監修／おそ松さん製作委員会
カバーイラスト／作画：大塚千春
彩色：垣田由紀子
背景：田村せいき

発行人／野村敦司
編集人／今村愛子
編集／山口久美子

発行所／株式会社　小学館
〒101-8001　東京都千代田区一ツ橋２－３－１
電話　編集　03-3230-5105
販売　03-5281-3555

印刷・製本／中央精版印刷株式会社

デザイン／水木麻子

Printed in Japan　　ISBN　978-4-09-231223-4

★「小学館ジュニア文庫」を読んでいるみなさんへ★

この本の背にあるクローバーのマークに気がつきましたか？

オレンジ、緑、青、赤に彩られた四つ葉のクローバー。これは、小学館ジュニア文庫のマークです。そして、それぞれの葉の色には、私たちがジュニア文庫を刊行していく上で、みなさんに伝えていきたいこと、私たちの大切な思いがこめられています。

オレンジは愛。家族、友達、恋人。みなさんの大切な人たちを思う気持ち。まるでオレンジ色の太陽の日差しのように心を暖かにする、人を愛する気持ち。

緑はやさしさ。困っている人や立場の弱い人、小さな動物の命に手をさしのべるやさしさ。緑の森は、多くの木々や花々、そこに生きる動物をやさしく包み込みます。

青は想像力。芸術や新しいものを生み出していく力。立場や考え方、国籍、自分とは違う人たちの気持ちを思い、協力しあうことも想像の力です。人間の想像力は無限の広がりを持っています。まるで、どこまでも続く、澄みきった青い空のようです。

赤は勇気。強いものに立ち向かい、間違ったことをただす気持ち。くじけそうな自分の弱い気持ちに立ち向かうことも大きな勇気です。まさにそれは、赤い炎のように熱く燃え上がる心。

四つ葉のクローバーは幸せの象徴です。愛、やさしさ、想像力、勇気は、みなさんが未来を切りひらき、幸せで豊かな人生を送るためにすべて必要なものです。

体を成長させていくために、栄養のある食べ物が必要なように、心を育てていくためには読書がかかせません。みなさんの心を豊かにしていく本を一冊でも多く出したい。それが私たちジュニア文庫編集部の願いです。

みなさんのこれからの人生には、困ったこと、悲しいこと、自分の思うようにいかないことも待ち受けているかもしれません。どうか「本」を大切な友達にしてください。どんな時でも「本」はあなたの味方です。そして困難に打ち勝つヒントをたくさん与えてくれるでしょう。みなさんが「本」を通じ素敵な大人になり、幸せで実り多い人生を歩むことを心より願っています。

小学館ジュニア文庫編集部

〈話題の映画&アニメノベライズシリーズ〉

アイドル×戦士 ミラクルちゅーんず！
あさひなぐ
兄に愛されすぎて困ってます
あのコの、トリコ。
一礼して、キス
ういらぶ。
海街diary
映画くまのがっこう パティシエ・ジャッキーとおひさまのスイーツ
映画 4月の君、スピカ。
映画刀剣乱舞
映画プリパラ み～んなのあこがれ♪レッツゴー☆プリパリ
映画妖怪ウォッチ 空飛ぶクジラとダブル世界の大冒険だニャン！
映画妖怪ウォッチ シャドウサイド 鬼王の復活
映画妖怪ウォッチ FOREVER FRIENDS
映画 妖怪学園Y 猫はHEROになれるか

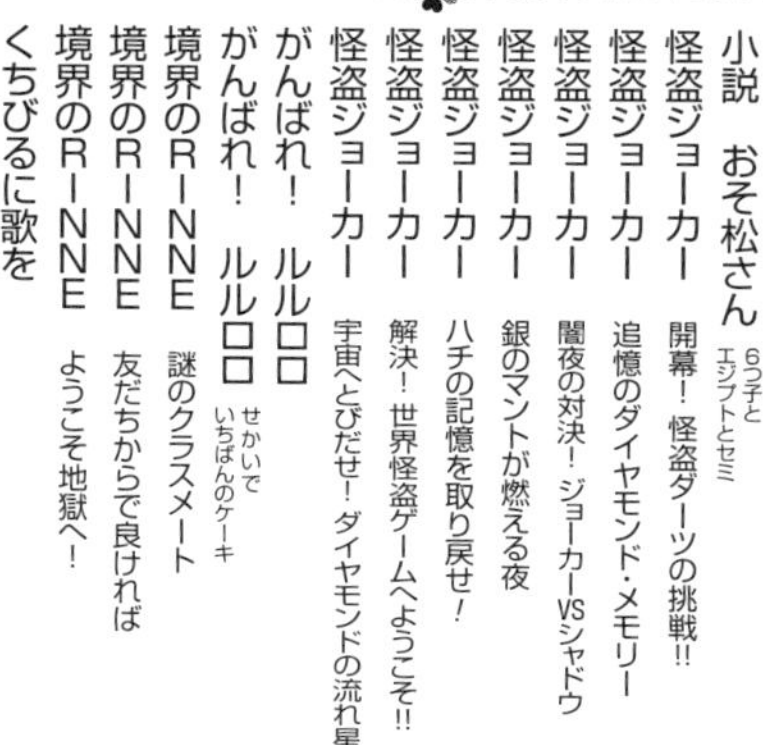

小説 おそ松さん 6つ子とエジプトとセミ
怪盗ジョーカー 開幕！ 怪盗ダーツの挑戦!!
怪盗ジョーカー 追憶のダイヤモンド・メモリー
怪盗ジョーカー 闇夜の対決！ ジョーカーvsシャドウ
怪盗ジョーカー 銀のマントが燃える夜
怪盗ジョーカー ハチの記憶を取り戻せ！
怪盗ジョーカー 解決！ 世界怪盗ゲームへようこそ!!
怪盗ジョーカー 宇宙へとびだせ！ ダイヤモンドの流れ星
がんばれ！ ルルロロ
がんばれ！ ルルロロ せかいでいちばんのケーキ
境界のRINNE 謎のクラスメート
境界のRINNE 友だちからで良ければ
境界のRINNE ようこそ地獄へ！
くちびるに歌を
劇場版アイカツ！
心が叫びたがってるんだ。
坂道のアポロン
貞子vs伽椰子
真田十勇士
シンドバッド 全2巻
呪怨―ザ・ファイナル―
呪怨―終わりの始まり―
小説 イナズマイレブン アレスの天秤 全4巻

小説 イナズマイレブン オリオンの刻印 全4巻
小説 映画ドラえもん のび太の宝島
小説 映画ドラえもん のび太の月面探査記
小説 映画ドラえもん のび太の新恐竜

スナックワールド
スナックワールド メローラ姫を救え！
スナックワールド 大冒険はエンドレスだ！
世界からボクが消えたなら 映画「世界から猫が消えたなら」キャベツの物語
世界から猫が消えたなら
NASA超常ファイル ～地球外生命からの挑戦状～

次はどれにする？ おもしろくて楽しい新刊が、続々登場!!

〈背筋がゾクゾクするホラー&ミステリー〉

恐怖学校伝説
恐怖学校伝説　絶叫怪談
こちら魔王110番!
リアル鬼ごっこ
ニホンブンレツ(上)(下)
ブラック

〈みんな大好き♡ディズニー作品〉

アナと雪の女王　～同時収録 短編 エルサのサプライズ～
アナと雪の女王2

アナと雪の女王　～ひきさかれた姉妹～
アラジン
ジャングル・ブック
ダンボ
ディズニーツムツムの大冒険　～トキメキ パティシエ・パーティ～
ディズニーツムツムの大冒険　～ハラハラ! ジェットコースター!～
ディセンダント
ディセンダント2

2分の1の魔法

眠れる森の美女　～目覚めなかった、オーロラ姫～
美女と野獣　～運命のとびら～(上)(下)
マレフィセント2　～同時収録 マレフィセント～
ライオン・キング

〈時代をこえた面白さ!!　世界名作シリーズ〉

小公女セーラ
小公子セドリック
トム・ソーヤの冒険
フランダースの犬
オズの魔法使い
坊っちゃん
家なき子
あしながおじさん
赤毛のアン(上)(下)
ピーターパン
宝島

次はどれにする?　おもしろくて楽しい新刊が、続々登場!!

★小学館ジュニア文庫★ ワクワク、ドキドキがいっぱいのラインナップ

〈ジュニア文庫でしか読めないオリジナル〉

愛情融資店まごころ
愛情融資店まごころ ②好きなんて言えない
アイドル誕生！～こんなわたしがAKB48に!?～
あの日、そらですきをみつけた
いじめ 14歳のMessage
1話3分 こわい家、あります。 くらやみくんのブラックリスト

おいでよ、花まる寮！
お悩み解決！ ズバッと同盟 長女VS妹、仁義なき戦い!?
お悩み解決！ ズバッと同盟 おしゃれコーデ、対決!?
緒崎さん家の妖怪事件簿
緒崎さん家の妖怪事件簿 桃×団子パニック！
緒崎さん家の妖怪事件簿 狐×迷子パレード！
緒崎さん家の妖怪事件簿 月×姫ミラクル！
華麗なる探偵アリス&ペンギン
華麗なる探偵アリス&ペンギン ワンダー・チェンジ！
華麗なる探偵アリス&ペンギン ミラー・ラビリンス
華麗なる探偵アリス&ペンギン サマー・トレジャー
華麗なる探偵アリス&ペンギン トラブル・ハロウィン
華麗なる探偵アリス&ペンギン ペンギン・パニック！
華麗なる探偵アリス&ペンギン ミステリアス・ナイト
華麗なる探偵アリス&ペンギン アリスVS.ホームズ！
華麗なる探偵アリス&ペンギン アラビアン・デート
華麗なる探偵アリス&ペンギン パーティ・パーティ
華麗なる探偵アリス&ペンギン ホームズ・イン・ジャパン
華麗なる探偵アリス&ペンギン ウィッチ・ハント！
華麗なる探偵アリス&ペンギン ファンシー・ファンタジー
華麗なる探偵アリス&ペンギン リトル・リドル・アリス

ギルティゲーム
ギルティゲーム stage2 無限駅からの脱出
ギルティゲーム stage3 ペルセポネー号の悲劇
ギルティゲーム stage4 ギロンパ帝国へようこそ！
ギルティゲーム stage5 黄金のナイトメア
ギルティゲーム Last stage さよなら、ギルティゲーム
銀色☆フェアリーテイル ①あたしだけが知らない街
銀色☆フェアリーテイル ②きみだけに贈る歌
銀色☆フェアリーテイル ③夢、それぞれの未来
きんかつ！ 全2巻
ぐらん×ぐらんぱ！ スマホジャック
ぐらん×ぐらんぱ！ スマホジャック ～恋の一騎打ち～
さよなら、かぐや姫～月とわたしの物語～
12歳の約束
女優猫あなご
白魔女リンと3悪魔
白魔女リンと3悪魔 フリージング・タイム
白魔女リンと3悪魔 レイニー・シネマ
白魔女リンと3悪魔 スター・フェスティバル
白魔女リンと3悪魔 ダークサイド・マジック
白魔女リンと3悪魔 フルムーン・パニック
白魔女リンと3悪魔 エターナル・ローズ
白魔女リンと3悪魔 ミッドナイト・ジョーカー
白魔女リンと3悪魔 ゴールデン・ラビリンス
白魔女リンと3悪魔 ウエディング・キャンドル

世界の中心で、愛をさけぶ
月の王子　砂漠の少年
天才発明家ニコ&キャット
天才発明家ニコ&キャット　キャット、月に立つ!
TOKYOオリンピック　はじめて物語
謎解きはディナーのあとで
謎解きはディナーのあとで2
謎解きはディナーのあとで3
のぞみ、出発進行!!
パティシエ志望だったのに、シンデレラのいじわるな姉に生まれ変わってしまいました!
大熊猫ベーカリー　パンダと私の内気なクリームパン!
ホルンペッター
ぼくたちと駐在さんの700日戦争　ベスト版　闘争の巻
さくら×ドロップ　レシピ1:チーズハンバーグ
ちえり×ドロップ　レシピ1:マカロニグラタン
みさと×ドロップ　レシピ1:チェリーパイ

メデタシエンド。　全2巻
ゆめ☆かわ　ここあのコスメボックス
ゆめ☆かわ　ここあのコスメボックス　ヒミツの恋とナイショのモデル
ゆめ☆かわ　ここあのコスメボックス　恋のライバルとファッションショー
ゆめ☆かわ　ここあのコスメボックス　恋する遊園地で大ピンチ!
ゆめ☆かわ　ここあのコスメボックス　ストアイベントで恋の勝負!?
ゆめ☆かわ　ここあのコスメボックス　きらめきのパリで恋のキセキ
夢は牛のお医者さん
わたしのこと、好きになってください。

〈思わずうるうる…感動ストーリー〉

奇跡のパンダファミリー　～愛と涙の子育て物語～
きみの声を聞かせて　猫たちのものがたり―まぐ・ミクロ・まる―
こむぎといつまでも―余命宣告を乗り越えた奇跡の猫ものがたり―
天国の犬ものがたり～ずっと一緒～
天国の犬ものがたり～わすれないで～
天国の犬ものがたり～未来～
天国の犬ものがたり～夢のバトン～
天国の犬ものがたり～ありがとう～
天国の犬ものがたり～天使の名前～
天国の犬ものがたり～僕の魔法～
天国の犬ものがたり～笑顔をあげに～
天国の犬ものがたり～はじめまして～
天国の犬ものがたり～扉のむこう～
天国の犬ものがたり～幸せになるために～

動物たちのお医者さん
わさびちゃんとひまわりの季節

次はどれにする?　おもしろくて楽しい新刊が、続々登場!!

★小学館ジュニア文庫★ ワクワク、ドキドキがいっぱいのラインナップ

〈大好き！ 大人気まんが原作シリーズ〉

ある日 犬の国から手紙が来て
いじめ―いつわりの楽園―
いじめ―学校という名の戦場―
いじめ―引き裂かれた友情―
いじめ―過去へのエール―
いじめ―うつろな絆―
いじめ―友だちという鎖―
いじめ―行き止まりの季節―
いじめ―闇からの歌声―
いじめ―勇気の翼―
いじめ―希望の歌を歌おう―
エリートジャック!! めざせ、ミラクル大逆転!!
エリートジャック!! ミラクルガールは止まらない!!
エリートジャック!! 相川ユリアに学ぶ 毎日が絶対ハッピーになる100の名言
エリートジャック!! ミラクルチャンスをつかまえろ!!
エリートジャック!! 発令！ ミラクルプロジェクト！
オオカミ少年♥こひつじ少女 全2巻
おはなし！ コウペンちゃん
おはなし！ コウペンちゃん きみのそばにいるよ
おはなし 猫ピッチャー ミー太郎、ニューヨークへ行く！の巻
おはなし 猫ピッチャー 空飛ぶマグロと時間をうばわれた子どもたちの巻
終わる世界でキミに恋する ～星空の贈りもの～
学校に行けない私たち

キミは宙のすべて 全4巻
思春期♡革命 ～カラダとココロのハジメテ～
12歳。アニメノベライズ ～ちっちゃなムネのトキメキ～ 全8巻
小説 そらペン 謎のガルダ帝国大冒険
ショコラの魔法 全5巻
ちび☆デビ！ 全3巻
ドラえもん 5分でドラ語り ことわざひみつ話
ドラえもん 5分でドラ語り 四字熟語ひみつ話
ドラえもん 5分でドラ語り 故事成語ひみつ話

ドーリィ♪カノン ～ヒミツのライブ大作戦～
ドラマ ドーリィ♪カノン カノン誕生
ドラマ ドーリィ♪カノン 未来は僕らの手の中
ないしょのつぼみ ～さよならのプレゼント～
ないしょのつぼみ ～あたしのカラダ・あいつのココロ～

ナゾトキ姫と嘆きのしずく
ナゾトキ姫と魔本の迷宮
ナゾトキ姫とアイドル怪人Xからの挑戦状
人間回収車 ～地獄からの使者～
人間回収車 ～絶望の果て先～

ハチミツにはつこい 全2巻
ヒミツの王子様★ 恋するアイドル！
ふなっしーの大冒険 きょうだい集結！ 梨汁ブシャーッに気をつけろ!!
真代家こんぷれっくす！ 全5巻

★小学館ジュニア文庫★ ワクワク、ドキドキがいっぱいのラインナップ

〈大人気！「名探偵コナン」シリーズ〉

名探偵コナン　瞳の中の暗殺者
名探偵コナン　天国へのカウントダウン
名探偵コナン　迷宮の十字路
名探偵コナン　銀翼の奇術師
名探偵コナン　水平線上の陰謀
名探偵コナン　探偵たちの鎮魂歌
名探偵コナン　紺碧の棺
名探偵コナン　戦慄の楽譜
名探偵コナン　漆黒の追跡者
名探偵コナン　天空の難破船
名探偵コナン　沈黙の15分
名探偵コナン　11人目のストライカー
名探偵コナン　絶海の探偵
名探偵コナン　異次元の狙撃手
名探偵コナン　業火の向日葵
名探偵コナン　純黒の悪夢
名探偵コナン　から紅の恋歌
名探偵コナン　ゼロの執行人

名探偵コナン　紺青の拳

ルパン三世VS名探偵コナン　THE MOVIE
名探偵コナン　江戸川コナン失踪事件 史上最悪の二日間
名探偵コナン　コナンと海老蔵 歌舞伎十八番ミステリー
名探偵コナン　エピソード"ONE" 小さくなった名探偵
名探偵コナン　紅の修学旅行
名探偵コナン　大怪獣ゴメラVS仮面ヤイバー

小説 名探偵コナン　CASE1〜4
名探偵コナン　安室透セレクション ゼロの推理劇
名探偵コナン　怪盗キッドセレクション 月下の予告状
名探偵コナン　京極真セレクション 蹴撃の事件録
名探偵コナン　赤井秀一セレクション 赤と黒の攻防
名探偵コナン　赤井一家セレクション 緋色の推理記録

まじっく快斗1412　全6巻